TABLE DES MATIÈRES

ISBN 2-215-063-45-9

Dépôt légal à la date de parution.
Conforme à la loi n° 49-956 du 16 juillet 1949
sur les publications destinées à la jeunesse.
Imprimé en Italie (10-05).

pourquoi L'imagerie comment

Pour répondre aux questions des enfants

LES ANIMAUX

Conception :
Émilie Beaumont

Textes :
Emmanuelle Paroissien

Images :
Sandrine Lefebvre - Étienne Butterlin
Yves Lequesne - Isabelle Rognoni

EDITIONS FLEURUS

ÉDITIONS FLEURUS. 15-27, rue Moussorgski, 75018 PARIS

Les animaux primitifs

- *Tous les animaux n'ont pas la taille de l'éléphant, l'intelligence du singe ou la souplesse du chat. Le règne animal est séparé en 2 grands groupes : les vertébrés, qui ont une colonne vertébrale, et les invertébrés, qui n'en ont pas. Les invertébrés sont les plus anciens des animaux ; ce sont aussi les plus simples et les plus étonnants.*
- *Les animaux sont apparus sur terre il y a environ 700 millions d'années.*
- *Sur les 1,2 million d'espèces animales qu'on connaît, plus de 1 million sont des invertébrés !*

Pourquoi dit-on que le corail est un animal ?

Il ressemble à une plante et ne bouge pas, il a le corps dur comme de la pierre, des couleurs incroyables. Pourtant, c'est bien un animal ! En fait, la partie vivante et molle du corail se cache à l'intérieur. Son squelette est à l'extérieur et lui sert à mieux se protéger. Les coraux sont très sociables : bien serrés les uns contre les autres, ils forment d'immenses récifs impossibles à attaquer.

Comment l'anémone de mer se bagarre-t-elle ?

Elle possède au bout de chaque tentacule des harpons venimeux. Quand une voisine s'approche d'un peu trop près, elle déploie brutalement ses harpons, la frappe et la déchire. Quel mauvais caractère !

Pourquoi la méduse a-t-elle tant de tentacules ?

C'est pour mieux attraper les petits poissons qui s'y empêtrent comme dans un filet de pêche. En plus, chaque tentacule est rempli de venin et porte un petit harpon.

Comment le bénitier sauve-t-il la vie de ses petits ?

Quand on est immobile comme un corail et qu'on ne peut pas s'occuper de ses petits, il faut voir la vie en grand. Tous les ans, la maman bénitier produit mille millions d'œufs qu'elle projette d'un seul coup dans la mer, comme un grand jet de vapeur. Sûr que dans le tas, il y en a toujours deux ou trois qui sauront s'en sortir !

La méduse est un animal très curieux, transparent, avec un corps gélatineux et de longues tentacules.

Pourquoi les éponges ont-elles des trous ?

C'est pour mieux manger !... L'éponge est encore un de ces animaux immobiles. Pas question pour elle de partir en chasse. Grâce à ses trous, elle avale l'eau de mer et tous les petits débris de plantes et d'animaux qui flottent dedans. Miam : un beau festin sans lever le petit doigt !

Pourquoi l'étoile de mer marche-t-elle cul par dessus tête ?

Parce que sa bouche est toujours posée sur le sable ; ainsi, elle prend son repas en marchant. De plus, elle a de drôles de manières : pour digérer, elle sort son estomac par la bouche et le rentre quand tout est fini.

Pourquoi le ver de terre bouge-t-il toujours quand on le coupe en deux ?

Parce qu'il n'a ni tête, ni cerveau, ni cœur, ni estomac. Il a tout à la fois dans chacun de ses anneaux et peut continuer de vivre en petits morceaux...

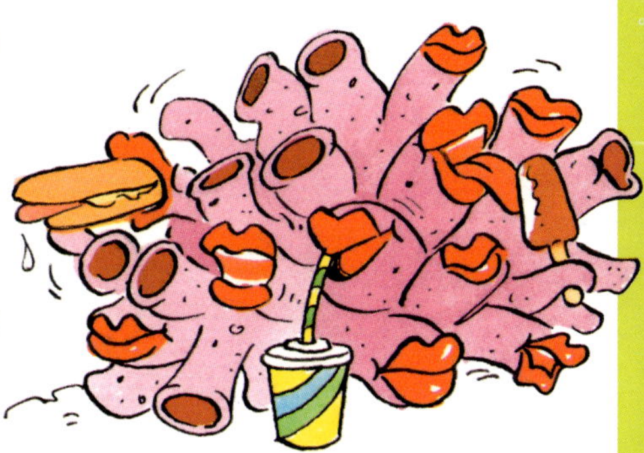

INCROYABLE !

- L'anémone de mer met 1 h pour parcourir à peine 3 cm.
- Le ver solitaire peut posséder jusqu'à 4 000 anneaux.

Les mollusques

- *Les escargots, les coquillages, les pieuvres sont des mollusques. Ce sont des invertébrés : ils ont un corps tout mou, sans squelette et sans pattes, et la plupart sécrètent une coquille pour s'abriter. Pour se reproduire, certains mollusques ont adopté un système astucieux : ils sont à la fois mâle et femelle ! Ils sont hermaphrodites.*
- *Les mollusques existent depuis 500 millions d'années. Les plus intelligents d'entre eux sont les pieuvres.*
- *La pieuvre a 8 tentacules ; ses cousins, les seiches et les calmars, en ont 10 : 8 courts et 2 longs.*

Pourquoi les escargots bavent-ils ?

Parce qu'un escargot sec est un escargot mort. Sa peau a sans cesse besoin de baigner dans la bave ! D'ailleurs, quand il fait trop sec dehors, l'escargot se réfugie dans sa coquille qu'il ferme avec un petit rideau de bave durcie, comme une porte.

Pourquoi la pieuvre regarde-t-elle de biais ?

Elle ne peut pas faire rouler, comme toi, ses yeux dans ses orbites. Elle ne sait regarder ni vers le haut, ni vers le bas, ni vers l'avant. Ce qui fait qu'elle est bien embêtée. Elle ne peut pas suivre ses proies du regard, c'est elle qui doit bouger.

Comment la pieuvre se défend-elle ?

En crachant un nuage d'encre à la face de son ennemi. Le temps que celui-ci reprenne ses esprits, la pieuvre s'est enfuie. Le nuage peut même prendre la forme de la pieuvre : difficile de manger un nuage...

La pieuvre change de couleur lorsqu'elle se sent en danger, elle devient toute blanche et se cache en projetant un nuage d'encre. Si elle gagne un combat, elle se colore en rouge.

Pourquoi l'escargot est-il tout perdu sans ses antennes ?

Parce que c'est au bout de ses antennes que sont ses yeux. Mais comme il n'y voit pas grand-chose, ses antennes lui servent surtout de main, de nez, de langue pour s'orienter. Ce sont de merveilleux organes de perception.

Comment l'escargot fait-il pour mâcher ?

C'est grâce à sa langue dure comme de la corne et sa bouche en forme de bec qu'il déchiquette les plantes du jardin. Il n'a pas de dents et pourtant il a un sacré coup de mâchoire ! Attention, il y a même des escargots qui mangent d'autres escargots : les cannibales !

Pourquoi trouve-t-on parfois des perles dans les huîtres ?

Parce que lorsque de petits cailloux pointus se glissent dans sa coquille, l'huître se dépêche d'entourer le petit caillou d'une couche de nacre toute lisse pour protéger sa chair très fragile. Le caillou devient alors une perle et l'huître peut ainsi dormir tranquille.

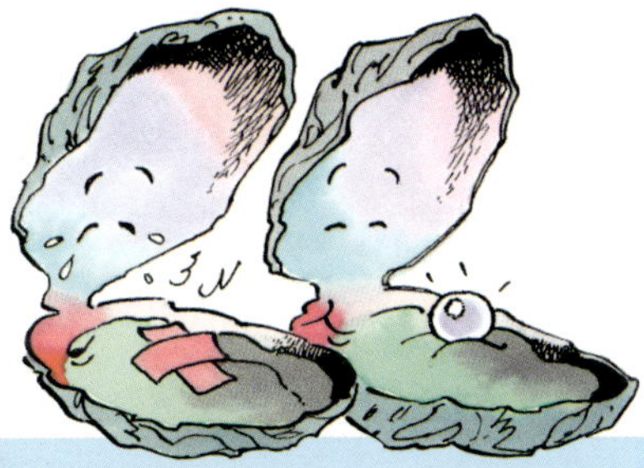

Comment se déplace la coquille Saint-Jacques ?

En faisant claquer sa coquille. Clac, clac, et cahin-caha, elle progresse par petits bonds sur le fond marin. La coquille Saint-Jacques aime se promener : elle n'est pas fixée sur un rocher comme l'huître ou la moule, ou enfouie dans le sable comme les coques et les couteaux.

INCROYABLE !

- Le tentacule d'une pieuvre est 10 fois plus sensible que la langue d'un homme.
- La pieuvre avale les crabes tout crus grâce à sa salive spéciale qui dissout leur carapace.

Les crustacés

- *Crabes, homards, langoustes : on les a baptisés "crustacés" à cause de l'épaisse carapace, semblable à une croûte, qui les recouvre. Ils ont aussi 2 paires de longues antennes, qui leur servent à garder leur équilibre, et 5 paires de pattes, dont une s'est transformée en pinces. Avec tout cet équipement, ils sont très à l'aise dans l'eau.*
- *Pour grandir, les crustacés changent plusieurs fois de carapace : c'est la mue.*
- *Les premiers crustacés sont apparus il y a 500 millions d'années ; ils étaient minuscules. On en connaît actuellement 25 000 espèces.*

pourquoi le crabe ne se fait-il jamais "pincer" ?

Parce que, comme les lézards avec leur queue, il peut abandonner ses pinces ou ses pattes dans la gueule de son ennemi. Elles repousseront toujours, mais en plus petit : c'est aussi pour ça que le crabe que tu retrouves dans ton assiette a parfois des pinces dépareillées.

pourquoi la crevette est-elle si discrète ?

C'est une magicienne : elle sait prendre la couleur du sable ou des rochers contre lesquels elle se cache. Rose, grise, tachetée... elle vit bien tranquille au fond de la mer, avale tout ce qu'elle trouve, et "parle" avec ses copines en entrechoquant ses antennes, ce qui fait des petits bruits de coup de fusil.

Petits crabes rouges de l'Île Christmas.

pourquoi l'écrevisse a-t-elle 2 pinces différentes ?

Parce qu'elles ne servent pas à la même chose. L'une sert à broyer : c'est la plus grande, avec de grosses dents arrondies. L'autre sert à couper : elle est couverte de petites dents nombreuses et acérées.

Comment jardine l'araignée de mer ?

Avec ses grandes pattes, l'araignée de mer ramasse les bouts d'algues qu'elle trouve au fond des mers et qu'elle accroche sur son dos en les nouant avec ses poils. Là voici bientôt déguisée en petit jardin ambulant : bien malin celui qui la démasquerait !

Pourquoi le bernard-l'ermite déménage-t-il si souvent ?

Parce que, contrairement aux autres crustacés, il ne fabrique pas sa propre coquille. Il préfère chiper celle des autres. Mais comme lui aussi grandit, il trouve bientôt sa maison trop petite. Et le voici à nouveau sur les routes, comme l'ermite qui lui a donné son nom.

Comment reconnaître une langouste d'une écrevisse ?

La langouste vit dans la mer et l'écrevisse dans les rivières. La langouste n'a pas de pinces, mais deux très longues antennes qu'elle frotte contre sa carapace épineuse pour prévenir ses amies du danger.

Pourquoi les crabes de l'île Christmas sont-ils si connus ?

Ce sont de petits crabes rouges qui vivent dans la forêt. Une fois par an, ils voyagent jusqu'à la mer pour pondre leurs œufs. Toutes les routes de l'île sont alors couvertes de millions de crabes qui se font écraser. Au moment de la naissance, la mer autour de l'île ressemble à une soupe rouge où grouillent les bébés crabes pas plus gros que des fourmis.

INCROYABLE !

- Sur l'île Christmas, 120 millions de crabes migrent tous les ans vers la mer. Chacun pond environ 50 000 œufs. Mais souvent pas un ne survit.

Les araignées et les scorpions

- *Les araignées et les scorpions sont des prédateurs. Carnivores, ils mangent surtout des insectes. Ils sécrètent du venin et ont, à l'avant de la bouche, des mandibules en forme de pince pour broyer leurs proies.*
- *Toutes les araignées fabriquent de la soie : c'est un liquide qui sort du ventre de l'araignée et durçit à l'air.*
- *En général, une araignée refait sa toile toutes les nuits.*
- *Sur les 650 espèces de scorpions, seuls quelques-uns sont mortels. Ceux qu'on trouve en Europe et en Afrique font plus de peur que de mal.*

Comment l'araignée-pêcheuse appâte-t-elle ses proies ?

Comme son nom l'indique, c'est une araignée qui pêche. Elle se poste sur une feuille et laisse pendre un fil de soie au bout duquel elle pose quelques gouttelettes de glu, parfumées d'une bonne odeur de fleur. Quand l'insecte arrive, elle fait tournoyer son fil comme un lasso. Il a vite fait de s'y coller.

Pourquoi l'araignée embobine-t-elle ses proies ?

Parce qu'elle ne les mange pas tout de suite. L'araignée n'a pas de dents : elle ne peut pas avaler sa proie toute crue. Elle lui injecte donc un venin qui va la rendre liquide. Pour bien la conserver, elle l'enroule dans un cocon de soie. Et le lendemain, à elle le festin !

Pourquoi la mygale est-elle poilue ?

Parce que les poils lui servent à capter les vibrations du sol. Heureusement, car elle n'y voit rien. Elle vit sous terre dans un terrier qu'elle creuse avec ses mandibules. Quand une proie s'approche, hop, elle sort brusquement de son abri, l'attrape, puis disparaît pour la manger.

Pourquoi vaut-il mieux éviter l'araignée-gladiateur ?

Cette araignée tisse une mini-toile de la taille d'un timbre-poste qu'elle tient tendue entre ses pattes. Dès qu'un insecte passe près d'elle, elle se précipite sur lui et l'enroule dans son filet, comme les gladiateurs de l'Empire romain.

La plupart des araignées attendent leurs proies dans un coin de leur toile ou au fond de leur terrier.

Pourquoi le scorpion écarte-t-il les pattes quand il chasse ?

Parce qu'il est obligé de le faire. Il est myope. Alors il repère ses victimes grâce à son corps couvert de petits cils durs qui pointent dans toutes les directions et qui vibrent avec l'air ou le sable. Plus il écarte les pattes et plus les cils vibrent facilement..

Comment chasse l'araignée-crabe ?

L'araignée-crabe ne construit pas de toile. Mais elle a un talent extraordinaire : elle prend la couleur des fleurs sur lesquelles elle chasse. Quand un insecte vient butiner, l'araignée le pique derrière la tête : c'est la mort assurée. L'araignée-crabe marche en biais, comme les crabes.

Pourquoi la toile de la veuve noire passe-t-elle inaperçue ?

C'est qu'elle n'a pas vraiment la forme d'une toile. C'est une sorte de filet tout effiloché avec plein de fils gluants qui pendent de tous les côtés. Mais malheur à celui qui y reste accroché : le venin de la veuve est le plus terrible de tous ceux des araignées.

INCROYABLE !

- Les araignées femelles sont plus grosses que les mâles. Il y en a une qui est 1 500 fois plus grande, c'est l'araignée Nephila.
- La tarentule a 8 yeux sur la tête.

Les insectes

- *Les insectes ressemblent beaucoup aux crustacés et aux araignées : ils portent eux aussi une carapace dure à l'extérieur – c'est en fait leur squelette –, et ils sont tout mous à l'intérieur.*
- *Ce sont les seuls invertébrés capables de voler.*

- *Pour grandir, ils ne muent pas, mais se métamorphosent.*
- *Leurs bébés sont des larves très laides qui doivent changer complètement d'allure pour devenir adultes.*
- *Il y a 750 000 espèces d'insectes : ce sont les animaux les plus nombreux de la planète.*
- *Les insectes existent depuis 350 millions d'années.*

Pourquoi voit-on des nuages de moucherons les soirs d'été ?

Qu'est-ce qu'ils sont embêtants ces moucherons qui volettent dans tous les sens ! En fait, ce sont des petites mouches mâles qui se cherchent une fiancée. Dès qu'une moucheronne arrive, ils la capturent au centre du nuage et dansent autour d'elle pour lui plaire.

Comment fait le phasme pour être si invisible ?

Le phasme est un grand insecte qui prend la couleur et la forme des brindilles des arbres et se confond avec eux. Le jour, il reste immobile. La nuit, il se déplace très lentement. Tous les insectes qui n'utilisent pas la méthode de la coccinelle font comme le phasme : ils essayent de passer inaperçus.

Pourquoi ne pas avoir peur des moustiques mâles ?

Parce que seules les femelles piquent : c'est avec du sang qu'elles nourrissent leurs bébés. Pour être tranquille, on a inventé des petites machines qui imitent le bruit du vol du moustique mâle : rien de tel pour donner la fuite aux mamans !

Le phasme se confond avec les brindilles pour passer inaperçu et échapper aux oiseaux.

Pourquoi les lucioles sont-elles brillantes ?

Parce qu'elles sont amoureuses... Les lucioles ne brillent pas en permanence, mais elles s'éteignent et se rallument très rapidement : c'est comme ça que les mâles et les femelles se font la cour. Romantique, non ?

Pourquoi un insecte meurt-il quand on le pique ?

Parce que les insectes n'ont pas de veines, leur sang baigne tout l'intérieur de leur corps. Quand on pique un insecte, il se vide de tout son sang et finit par succomber.

Comment voient les insectes ?

Leurs yeux ne sont pas comme les nôtres. Ils sont constitués de tout petits tubes qui ne voient chacun qu'un morceau de la réalité. C'est dans le cerveau de l'insecte que l'image est reconstituée en entier. Plus il y a de tubes, plus l'image est claire ; moins il y en a, plus elle est floue. Certains insectes voient très mal et d'autres très bien, comme la mouche.

Comment les insectes respirent-ils ?

Ils n'ont pas de poumons mais des petits trous percés le long du corps par où passe l'air. C'est pourquoi un insecte qui a la tête sous l'eau ne se noie pas : il faut le plonger entièrement pour qu'il meure.

Pourquoi la coccinelle est-elle rouge avec des points noirs ?

La tenue voyante de la coccinelle est une manière de dire aux oiseaux : “attention, j'ai très mauvais goût”. Beaucoup d'insectes font comme elle ; ainsi, ils sont sûrs de ne pas se faire manger.

INCROYABLE !

- Avec ses yeux aux 30 000 facettes, la libellule est un des insectes qui voit le mieux.

Les insectes

pourquoi les termites mènent-ils la vie de château ?

Comme ils ne peuvent pas vivre au soleil, à cause de leur peau fine qui se dessèche très vite, ils construisent un immense château souterrain en mastiquant la terre avec leur salive, ce qui donne un ciment très solide, aussi dur que la pierre. Les termites sont des architectes de génie. Dans leur palais, ils ont un roi et une reine, qui n'arrêtent pas de pondre des œufs. Elle peut pondre 8 000 œufs par jour ! C'est une vraie machine à pondre, elle a un abdomen qui peut mesurer jusqu'à 10 cm de long. Les milliers de termites qui vivent dans le château sont leurs enfants.

pourquoi le bousier n'a-t-il de tête que pour sa boulette ?

La boulette de bouse du bousier est un cadeau de mariage. Le mâle l'offre à sa dame qui l'enterre et y pond ses œufs. La boulette sert de nid douillet pour les bébés bousiers et leur procure chaleur et nourriture jusqu'à ce qu'ils soient devenus grands.

comment la mouche capture-t-elle le papillon ?

En Nouvelle-Zélande vit une mouche qui tisse au plafond des grottes une toile faite de minuscules gouttelettes de glu. Une fois qu'elle a fini, la mouche émet une belle lumière verte qui se reflète dans sa toile comme une constellation. Les papillons, attirés par la lumière, se feront prendre...

pourquoi a-t-on baptisé le dytique le "tigre des eaux" ?

Comme le tigre il guette ses proies sans faire de bruit, caché juste sous la surface de l'eau. Il a de grosses mandibules en forme de ciseaux. Il les plante dans sa victime et la tue avec sa salive mortelle.

Le gerris vit à la surface de l'eau sur laquelle il glisse sans s'enfoncer. Il se nourrit de toutes petites bêtes qui sont à la surface.

Comment la guêpe fait-elle son nid dans l'araignée ?

Le pompile est une guêpe du désert. Pour nourrir ses petits, elle s'attaque à une grosse mygale qu'elle paralyse avec son venin. Puis elle y pond ses œufs. Les petites guêpes vont éclore et grandir dans l'araignée, qui est toujours vivante, en la mangeant de l'intérieur. Elles n'en sortiront qu'une fois grandes.

Pourquoi dit-on que la mante est religieuse ?

Parce que avec ses grandes pattes repliées devant elle, on dirait qu'elle prie. Mais il ne faut pas s'y fier. Ses pattes sont en fait de terribles pinces. Quand elle les déplie brusquement, elle laisse voir sur sa poitrine 2 grands yeux effrayants : sa victime, clouée sur place par la peur, ne peut lui échapper.
La mante religieuse n'est pas plus aimable avec son mâle. Pendant l'accouplement, elle commence par le décapiter avant de le dévorer.

Comment le gerris fait-il pour marcher sur l'eau ?

Il a sur ses pattes des milliers de poils minuscules recouverts de cire qui lui font des sortes de chaussons très moelleux. Ainsi, il peut glisser sur l'eau comme un patineur, sans en briser la surface.

Pourquoi la tique est-elle si patiente ?

La tique peut jeûner pendant des années. Elle attend, suspendue à une branche ou à un brin d'herbe, qu'un animal passe à sa portée. Quand elle en a trouvé un, elle s'accroche à sa peau et se gonfle de sang.
Une fois rassasiée, elle se laisse tomber sur le sol et recommence.

INCROYABLE !

- La tique, quand elle prend son repas, passe de la taille d'un grain de riz à celle d'un bouton.
- Les termites peuvent bâtir des châteaux mesurant jusqu'à 4,5 m de haut.

Les abeilles

- *Ce sont des insectes sociaux qui vivent en société très organisée. Dans la ruche, il y a une seule reine, quelques mâles – les faux bourdons – et des milliers d'ouvrières. Pour fonder une nouvelle ruche, une jeune reine quitte le nid maternel avec la moitié des ouvrières. Les abeilles mangent du nectar, et fabriquent du miel pour leurs petits et de la cire pour la ruche.*

- *Une abeille a 2 paires d'ailes transparentes.*
- *Les faux bourdons ne vivent pas longtemps et leur seul travail est de féconder la reine pour qu'elle continue à pondre.*

pourquoi les abeilles dansent-elles ?

Une abeille danse pour prévenir ses copines quand elle a trouvé un nouveau champ de fleurs : "par ici la compagnie, on va se régaler !". Elle *danse en huit*. Plus le huit est petit, plus le champ est proche ; plus il est grand, plus le champ est éloigné.

comment distinguer une ruche d'un nid de guêpes ?

Les ruches sont orange car elles sont bâties avec de la cire. Les nids de guêpes, plus clairs, sont construits avec du papier. Pour fabriquer le papier, les guêpes mâchent du bois en le mélangeant avec leur salive, puis le recrachent en une sorte de bouillie qui durcit à l'air.

pourquoi les abeilles font-elles la sieste ?

À midi, les abeilles sont toutes à la ruche car le soleil est au zénith, tout droit dans le ciel, et elles ne peuvent pas s'en servir pour se diriger comme à leur habitude. Elles attendent donc qu'il ait un peu bougé.

Pourquoi les abeilles battent-elles des ailes devant leur ruche ?

Pour l'aérer. La ruche n'a qu'une entrée et pas de fenêtre : c'est difficile pour y faire passer les courants d'air. Régulièrement, il fait trop chaud et l'air y devient irrespirable. Les abeilles font alors entrer de l'air frais en remuant leurs ailes.

Comment les abeilles se reconnaissent-elles entre elles ?

À l'odeur. Elles ont toutes le même parfum, que leur transmet la reine. Quand il y a trop d'abeilles dans la ruche et que la famine menace, la reine met moins de parfum sur ses abeilles et certaines se perdent. Le nombre d'abeilles dans la ruche diminue et tout reprend son cours.

Comment l'abeille fabrique-t-elle la cire ?

Elle sécrète sous son ventre une sorte de graisse en flocons qu'elle amène avec les petites brosses qu'elle a sur ses pattes arrière jusqu'à sa bouche et mélange avec sa salive. Le résultat donne la cire.

Comment les abeilles font-elles pour retrouver leur ruche ?

Elles apprennent le chemin en mémorisant la position des objets autour de la ruche : le tronc d'arbre à gauche de l'entrée, la petite maison un peu plus loin... Elles utilisent aussi la position du soleil pour s'orienter et savoir surtout à quelle heure elles doivent rentrer au bercail.

Comment se fait-il qu'il naisse des reines et des ouvrières ?

Tous les œufs d'abeille se ressemblent. Mais quand ils éclosent, certaines larves sont nourries à la gelée royale : elles donneront des reines. Les autres ne mangent que du miel : ce seront des ouvrières.

INCROYABLE !

- Une ruche peut contenir jusqu'à 80 000 abeilles. La reine pond plus de 1 000 œufs par jour.

Les fourmis

- *Il n'y a pas de fourmi solitaire, toutes vivent en colonies. Chacune remplit une tâche bien précise : reine, ouvrière, soldat ou éclaireuse. Seules les reines ont des ailes. À la différence des abeilles, elles quittent le nid sans ouvrière et doivent se débrouiller toutes seules pour fonder une nouvelle fourmilière.*
- *Les fourmis ont inventé des techniques pour survivre.*

- *Il existe plus de 10 000 espèces de fourmis.*
- *Une fourmilière peut abriter plusieurs reines, au contraire des abeilles qui n'en ont qu'une. Il n'y a pas de fourmis mâles, mais des hermaphrodites, à la fois mâles et femelles. Ils fécondent la reine le jour de son envol.*

Pourquoi a-t-on peur des fourmis légionnaires ?

Ces fourmis sont carnivores. Elles se déplacent toujours par grandes colonnes et marchent droit devant elles, en dévastant tout sur leur passage. Elles ont d'énormes mandibules et peuvent dévorer même de gros animaux comme le léopard.

Comment les fourmis tisserandes construisent-elles leur nid ?

En faisant travailler leurs bébés ! Elles choisissent de grandes feuilles, les plient en deux, puis vont chercher leurs larves qui sont capables de tisser de la soie. Pour les stimuler, elles leur pincent le derrière et les passent comme un pinceau de colle sur les bords des feuilles, qui restent soudés.

Les fourmis se transmettent des messages rien qu'en se touchant les antennes.

Comment une fourmi retrouve-t-elle son nid ?

Au parfum. Les fourmis tracent une piste d'odeurs qui conduit à l'entrée de leur nid. Si tu passes ton doigt mouillé de salive sur ce chemin parfumé, tu brouilles leurs repères et les fourmis sont toutes désorientées.

Comment les fourmis se comprennent-elles ?

Grâce à une extraordinaire substance chimique qu'elles fabriquent et qu'elles s'échangent lorsqu'elles se touchent les antennes.

Pourquoi les fourmis tournent-elles en rond ?

Parce que lorsqu'elles commencent à faire des cercles, d'abord petits, puis de plus en plus grands quand elles se sont trop éloignées du nid et qu'elles ne retrouvent plus leur chemin, elles sont sûres à un moment ou à un autre de retomber sur la piste.

Pourquoi la fourmi ne meurt-elle pas en cas de famine ?

Grâce à la fourmi pot-de-miel ! C'est une fourmi qui stocke un sirop dans son ventre jusqu'à devenir ronde comme une bonbonne et ne plus pouvoir bouger. Elle se suspend alors au plafond du nid et quand elles ont faim, les fourmis viennent la téter.

Comment les fourmis font-elles de l'élevage ?

Les fourmis élèvent des pucerons. Elles les protègent contre leurs ennemies, les coccinelles, et les traient plusieurs fois par jour, comme des vaches. Le lait du puceron est en fait son pipi, un liquide très sucré dont raffole la fourmi.

Pourquoi les fourmis esclavagistes sont-elles la terreur des autres fourmis ?

Elles organisent des raids dans les autres fourmilières pour kidnapper les bébés fourmis et en faire leurs esclaves. Elles ont des mandibules en forme de sabres entrecroisés, un moyen idéal pour transporter les bébés larves.

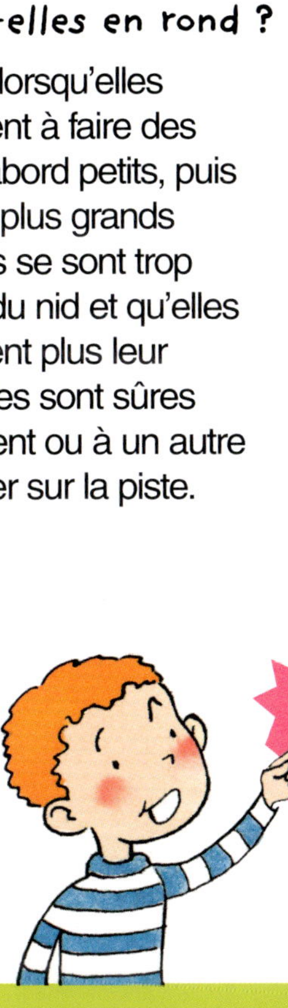

INCROYABLE !

- Une fourmilière peut contenir 20 millions de fourmis ! Elle est formée de nombreuses chambres et galeries.

Les papillons

- *Avec leurs 4 grandes ailes couvertes d'écailles microscopiques, souvent multicolores, les papillons sont parmi les plus beaux des insectes. Certains vivent la nuit ; d'autres le jour. Tous ont subi une extraordinaire métamorphose : petits, ce sont de grosses chenilles boudinées, puis ils se transforment dans leur chrysalide. Ils ne vivront, en général, qu'un à 2 mois.*
- *Il existe 140 000 espèces de papillons.*
- *Les papillons sont apparus sur terre il y a 200 millions d'années.*

Pourquoi les papillons ont-ils de si belles couleurs ?

Ce sont des couleurs d'avertissement. Elles disent aux prédateurs, surtout aux oiseaux : "attention, je suis empoisonné !" C'est le cas du célèbre papillon monarque d'Amérique du Sud, qui est orange et noir, ou du machaon, noir et jaune.

Comment se forment les couleurs des papillons ?

Ça dépend des couleurs. Certaines, comme le rouge, le noir ou le jaune, sont produites par le papillon lui-même. D'autres viennent des reflets de la lumière sur les petites bulles d'air coincées entre les écailles des ailes : c'est le cas du blanc. Le vert, le violet ou le bleu du beau papillon morpho viennent des rayons du soleil qui rebondissent sur les petites stries de ses ailes.

Pourquoi certains papillons ont-ils des yeux sur les ailes ?

C'est pour faire peur à leurs ennemis. Ils sont très rusés et surprenants. Quand il déplie ses ailes, le papillon hibou imite une grosse tête de rapace. Le sphinx figure lui une tête de mort. D'autres imitent des têtes de serpent.

Pourquoi la chenille se recroqueville-t-elle quand elle se sent attaquée ?

Pour ressembler à un excrément d'oiseau, tout enroulé sur lui-même, ce qui n'est pas franchement appétissant...

Pourquoi les chenilles processionnaires ont-elles l'air si bêtes ?

Elles marchent toujours à la queue leu leu, en suivant bêtement la chenille de tête, sans se poser de question. Mais, pour ne pas se perdre, elles laissent derrière elles, comme le Petit Poucet, un long ruban de soie relié à leur nid.

Pourquoi le papillon se pend-il la tête en bas sur les branches ?

Pour mieux se cacher. Les papillons qui adoptent cette posture se confondent souvent avec les feuilles pendues aux branches. Ou bien, comme les papillons de nuit, ils se collent contre l'écorce qui est aussi brune qu'eux : pouf, disparus !

Comment la chenille tisse-t-elle sa chrysalide ?

Elle ne la tisse pas : la chrysalide n'est pas en soie, c'est une seconde peau que la chenille a sur elle et qui apparaît lorsqu'elle se débarrasse de l'ancienne, devenue trop étroite. Par contre, la chenille fixe la chrysalide à la branche en l'attachant par une ceinture de soie à la taille et par un coussinet de soie au niveau des pieds.

Pourquoi certains papillons sont-ils empoisonnés ?

Parce que les chenilles leur ont transmis le poison de certaines feuilles qu'elles ont mangées pour se nourrir.

INCROYABLE !

- Avant de se métamorphoser en papillon, la chenille doit grossir de 1 000 fois son propre poids.

Les poissons

- *Les poissons sont apparus il y a 470 millions d'années. Ce sont les premiers vertébrés, dont tous les autres animaux sont issus, même les hommes. Au contraire des invertébrés, leur squelette est fait d'os très fins, les arêtes. Ils n'ont pas de pattes, mais des nageoires : 2 paires sur les flancs, 1 près de la queue, et 1 ou 2 selon les espèces sur le dos et sous le ventre.*
- *Les poissons comptent 23 800 espèces : ce sont les plus variés et les plus nombreux des vertébrés.*
- *La plupart des poissons pondent des œufs directement dans l'eau ; leurs bébés s'appellent des alevins.*

Comment les poissons respirent-ils ?

Les poissons n'ont pas de poumons, mais des branchies. Ils avalent l'eau par la bouche, elle passe à travers les branchies, puis elle ressort par les trous qu'ils ont dans le cou et qu'on appelle les ouïes.

Pourquoi les petits poissons nagent-ils en bancs ?

Pour éviter de se faire manger par les plus gros. Devant l'ennemi, le banc fait de brusques mouvements : il se disperse, se rassemble, zigzague. Celui qui le suit a vite le tournis !

Pourquoi les poissons ne coulent-ils pas ?

Parce qu'ils ont dans le ventre une petite poche, comme une vessie. Dedans, ce n'est pas du pipi mais de l'air. Le poisson la remplit et la vide selon la profondeur où il nage. Elle lui permet de garder son équilibre dans l'eau, sans qu'il ait besoin de remuer tout le temps.

Les sardines ou les anchois vivent en bancs, c'est leur seul moyen de se défendre.

Pourquoi se méfier des poissons immobiles ?

Parce qu'ils ont un moyen de défense, du poison dans les épines situées sur le dos comme les vives dans le sable, les rascasses épineuses ou les poissons-scorpions qui, eux, ressemblent à des rochers. Si on leur marche dessus, ça fait très mal !

Pourquoi certains poissons nagent-ils la bouche ouverte ?

Parce qu'ils dînent en nageant. Ils avalent les minuscules crustacés du plancton. Ces poissons sont en général petits et pas très forts, comme l'anchois. Les gros poissons nagent la bouche fermée.

Comment le saumon fait-il pour retrouver la rivière où il est né ?

Il s'oriente grâce au soleil et surtout... au nez.
Il se souvient très bien de la merveilleuse odeur de sa rivière natale et il est capable de la reconnaître entre mille.

Pourquoi les poissons ont-ils des couleurs si différentes ?

Pour échapper à leurs ennemis et se fondre au paysage. Aussi les poissons d'eau profonde sont sombres et bleus, comme le thon ; ceux des rivières, bruns, avec des reflets, semblables aux petits cailloux qu'on trouve sur le fond. Ceux des récifs de coraux sont de toutes les couleurs. Ceux qui vivent près de la surface, ont le dos foncé et le ventre clair.

Pourquoi les poissons ont-ils une ligne le long des flancs ?

Parce que cette ligne dessinée de chaque côté de leur corps contient leurs organes de perception. Grâce à eux, ils captent tous les mouvements de l'eau et sont prévenus des dangers.

INCROYABLE !

- Le gobie est le plus petit des poissons : il mesure 1 cm. Il vit sur les récifs de coraux.

Les poissons d'eau douce

- *8 000 espèces de poissons vivent en eau douce.*
- *L'eau douce n'occupe que 1 % de la surface de la terre. Presque la moitié des poissons y vivent pourtant. Ils sont tous très différents.*

- *Entre les eaux lentes et vaseuses des mares et les courants rapides des torrents, entre l'eau froide des grands lacs et les sources chaudes des cavernes, ils ont développé des talents surprenants.*
- *La famille des carpes, dont fait partie le poisson rouge, est la plus représentée.*

Comment les poissons des torrents résistent-ils aux courants ?

Il y en a qui ont des ventouses au bout de leurs grosses nageoires pour adhérer aux rochers. D'autres s'accrochent avec leurs dents, ou même avec leurs lèvres qui ont la forme d'un aspirateur !

Pourquoi les brochets ont-ils de si grandes dents ?

Pour croquer les autres poissons. Ils sont capables de prendre dans leur gueule des poissons presque aussi gros qu'eux. Ils sont très bons chasseurs. Grâce à leur forme allongée et leur couleur marron, ils se confondent avec la vase et sautent sur leur proie au dernier moment.

Pourquoi les piranhas sont-ils boulimiques ?

Les piranhas ne sont pas dangereux en temps normal. Mais il suffit qu'ils flairent une goutte de sang pour se transformer en monstres voraces. En bandes ils peuvent dévorer une vache en quelques minutes.

Pourquoi la carpe a-t-elle de la barbe ?

Sans elle, elle ne pourrait pas repérer les petits déchets dont elle se nourrit dans la vase des mares ou des étangs. Le poisson-chat avec ses moustaches et le poisson-éléphant avec sa trompe font pareil qu'elle.

Le brochet est la terreur des rivières, c'est un grand chasseur.

Pourquoi la truite est-elle si glissante ?

Son corps sécrète une sorte de bave, qui lui permet d'aller beaucoup plus vite dans l'eau. Elle glisse comme une fusée et peut accélérer brusquement, sans être ralentie par les courants.

Pourquoi le poisson-chat a-t-il des épines si dures ?

C'est pour dissuader les poissons plus gros que lui de le manger : ils risqueraient fort de rester avec les épines au travers de la gorge !
Il existe même un petit poisson-chat qui peut marcher en dehors de l'eau en s'appuyant sur ses épines comme sur des béquilles.

Comment chasse le poisson-archer ?

C'est un tout petit poisson qui vit dans de toutes petites mares. S'il attendait que les moucherons tombent dans sa baignoire, il mourrait bientôt de faim ! Alors, il les fait tomber lui-même... en crachant dessus. Il peut cracher à 2 m de distance.

Comment en Afrique des poissons sauvent-ils la vie de leurs petits ?

En les cachant dans leur bouche. Ils les gobent mais sans les avaler, ainsi ils échappent aux créatures voraces qui vivent dans les lacs.

INCROYABLE !

- Le gymnote, une sorte de poisson-chat, produit des décharges électriques capables de tuer un homme.

Les poissons de mer

- *Plus de 13 000 espèces de poissons vivent dans la mer.*
- *Ceux qui habitent la haute mer ont un corps allongé qui leur permet de nager vite et d'être des prédateurs redoutés. À l'inverse, les poissons proches des côtes préfèrent se camoufler : ceux des récifs de corail ont un corps rond et des couleurs vives.*
- *Les poissons de la famille des gadidés (morue, merlan) sont les plus féconds. Ce sont aussi les plus pêchés : 11 millions de tonnes par an.*
- *4 000 espèces de poissons vivent près des récifs de corail.*

Pourquoi la sole a-t-elle la bouche tordue ?

La sole, quand elle est bébé, c'est un poisson rond. C'est en grandissant qu'elle s'aplatit. Sa bouche et ses yeux sont alors obligés de passer d'un seul côté de son visage. Le résultat n'est pas très réussi...

Pourquoi la lotte a-t-elle un fil sur la tête ?

C'est sa canne à pêche. Le fil se termine même par un petit bout charnu qui ressemble à un ver. Dès qu'un poisson s'approche, la lotte agite son fil pour faire croire que le ver est vivant. Le poisson se précipite... et la lotte le croque.

Comment se protège le poisson-porc-épic ?

C'est une sorte de poisson-globe. Il se roule en boule, se gonfle d'eau et hérisse ses piquants.

Pourquoi faut-il fuir le barracuda ?

C'est un poisson si fin qu'il coupe comme une lame de rasoir. Pas de chance, il est aussi très curieux et adore la compagnie des hommes. Alors sauve qui peut !

Pourquoi le thon est-il le plus rapide des poissons ?

Le thon, qui pèse jusqu'à 500 kg, peut nager à plus de 100 km/h grâce à son corps fuselé, en forme d'obus, qui lui permet de brusques accélérations. Il est aussi le seul poisson à pouvoir contrôler la température de son corps, comme nous les mammifères.

Quand le poisson-porc-épic se met en boule, on dirait un gros oursin. Bon courage à celui qui veut l'avaler !

Pourquoi le poisson-perroquet dort-il sur ses deux oreilles ?

Parce qu'avant de s'endormir, il se construit un sac de couchage : une grande bulle de bave, gonflée autour de lui, qui le met à l'abri de tous ses ennemis.

Pourquoi le labre nettoyeur est-il l'ami des poissons ?

Ce petit poisson inoffensif a comme métier de nettoyer et laver les autres poissons. Sans lui, ils auraient de terribles maladies de peau. Il mange leurs parasites et tout le monde le laisse tranquille.

Pourquoi le poisson-clown est-il si insouciant ?

Parce qu'il est le copain de l'anémone. Celle-ci a des tentacules très vénéneux mais le poisson-clown y est insensible. En cas de danger, il court s'y cacher.

Pourquoi la murène n'est-elle pas si méchante ?

La pauvre, elle n'y voit rien ! Quand tu tends ta main vers elle, elle croit que ce sont des tentacules de pieuvre et te saute dessus pour te mordre. Mais au fond, c'est une timide.

INCROYABLE !

- Le labre nettoyeur peut laver plus de 300 poissons en 6 heures. C'est un grand travailleur.

Les poissons étranges

- ***Tous les poissons n'ont pas l'allure familière du poisson rouge ou de la truite. Certains sont même très inquiétants. La lamproie, le dipneuste et le cœlacanthe sont des poissons primitifs, qui ressemblent à ceux qui vivaient il y a 400 millions d'années. D'autres volent ou respirent hors de l'eau. D'autres vivent très loin sous la mer, dans la plus totale obscurité.***

- ***300 espèces de poissons connus actuellement vivent entre 1 000 et 10 900 m de profondeur.***
- ***On croyait le cœlacanthe disparu depuis 60 millions d'années quand, en 1938, un pêcheur africain en captura un vivant.***

Pourquoi la lamproie est-elle baptisée le « vampire des mers » ?

La lamproie est un poisson primitif qui n'a pas de dents dans la bouche. Elle colle ses lèvres comme des ventouses au ventre des poissons, perce un trou dans leur peau avec sa langue râpeuse et aspire leur sang.

Pourquoi le cœlacanthe est-il un poisson fossile ?

Il n'a pas changé depuis la préhistoire. C'est un poisson gros comme un homme et qui a d'énormes nageoires ressemblant plutôt à des pattes : c'est grâce à lui qu'on sait que les poissons sont un jour sortis de l'eau, sont devenus des reptiles, et ensuite des mammifères.

Pourquoi le poisson-dragon a-t-il l'air si terrible ?

C'est un poisson qui vit dans les profondeurs de la mer. Il a des lumières sur le corps pour s'éclairer et d'effroyables dents qui lui montent au-dessus du crâne quand il ferme la gueule. Il a un estomac élastique qui lui permet de dévorer des proies plus grosses que lui.

Pourquoi le poisson-salamandre se mord-il la queue ?

Parce qu'il ne peut bouger les yeux tellement il a la peau tendue sur le crâne. Pour suivre une proie du regard, il est obligé de tourner la tête : c'est le seul poisson à avoir un cou ! Il peut même se replier complètement comme un serpent ou un lézard, d'où son nom.

Dans les grandes profondeurs la plupart des poissons émettent de la lumière grâce à des organes luminescents.

Pourquoi le poisson volant vole-t-il ?

Pour échapper aux requins qui le pourchassent. Il prend son essor en battant très vite la queue : jusqu'à 50 fois par seconde ! Puis il sort à toute vitesse de l'eau et étend ses nageoires comme des ailes. Mais en fait, il ne vole pas, il plane. Parfois il s'amuse à rebondir sur l'eau pour déconcerter son poursuivant.

Comment le dipneuste fait-il pour respirer à l'air libre ?

C'est un poisson à poumons. Il respire en dehors de l'eau. Il vit dans les marais et à la saison sèche, il se creuse une petite niche dans la boue où il s'assoupit. Il peut rester plusieurs mois à l'air libre.

Comment l'hippocampe fait-il ses petits ?

Comme le kangourou, dans une poche qu'il a sur le ventre. C'est le papa qui se charge de tout, la maman se contente de pondre. Quand les petits grandissent, la poche gonfle. Un jour, le papa a des contractions, comme une femme enceinte, et les bébés sortent les uns après les autres.

INCROYABLE !

- Le papa hippocampe peut donner naissance à 1 000 bébés à la fois. L'accouchement est long, il peut durer jusqu'à 24 h !

Les requins

- *Ce sont aussi des poissons. Leur squelette n'est pas fait d'os, mais de cartilage, une matière beaucoup plus souple. C'est d'ailleurs leur point commun avec la raie.*
- *On a peur des requins : pourtant, très peu d'entre eux sont réellement dangereux.*
- *Les plus terribles sont le grand requin blanc, qui fait 8 m de long, le requin-tigre, le requin bleu et le requin-marteau.*

- *Il existe 375 espèces de requins ; plus de la moitié font moins de 1 m.*
- *Les requins pondent des œufs, mais certains les gardent dans leur ventre jusqu'à l'éclosion.*

Pourquoi dit-on que le requin ne dort jamais ?

Parce qu'il ne peut pas s'arrêter de nager, sans quoi il coulerait comme une pierre. Le requin ne flotte pas comme les autres poissons, il n'a pas dans son ventre de petite vessie remplie d'air. Heureusement pour lui, il peut dormir en nageant.

Comment le requin peut-il repérer ses proies d'aussi loin ?

Il suffit d'une goutte de sang pour le voir se précipiter : c'est qu'il a un très bon nez. Il sent en avalant l'eau par les narines. Il balance la tête à droite et à gauche pour ramasser le plus d'odeurs possible. En plus, il est très sensible aux vibrations de l'eau.

Le requin blanc est un tueur.

Pourquoi surnomme-t-on la raie manta le "diable des mers" ?

Parce qu'elle a de chaque côté de la bouche deux longues excroissances, comme des cornes. La raie est un animal très calme. Les nageurs aiment s'accrocher à ses ailes et "voler" avec elle dans l'eau comme un papillon.

Pourquoi le requin-marteau a-t-il un si drôle de nom ?

C'est à cause de la forme de sa tête, qui est plate et ressemble à un marteau. Ses yeux sont situés au bout de sa tête et sa gueule s'ouvre en dessous, comme une pelle. Tout cet outillage lui sert à fouiller la vase où il peut dénicher les poissons plats, dont il raffole.

Pourquoi les morsures du requin sont-elles si terribles ?

Le requin a 5 rangées de dents ; elles ont la forme de triangles pointus et poussent et se renouvellent en permanence. Les Maoris se servent des dents du grand requin bleu comme lames de rasoir.

Pourquoi la peau du requin est-elle si rugueuse ?

La peau du requin est comme du papier de verre. Elle est faite de toutes petites écailles, dont chacune porte une dent. Quel enfer : le requin a des dents partout, et pas que dans la gueule !

Pourquoi peut-on s'approcher du requin-baleine ?

Parce qu'il est très gentil : il ne mange que du plancton. Pourtant, il est gros comme une baleine. Et il a une sacrée mâchoire : 300 rangées de dents ! Les 15 premières rangées lui servent à écraser les petits poissons, les autres sont des dents de rechange.

Pourquoi le poisson-pilote n'a-t-il pas peur des requins ?

C'est un malin : il a sur le dos une ventouse qui lui permet de s'accrocher juste sous la mâchoire des requins et de profiter des restes de leurs repas.

INCROYABLE !

- Le plus petit requin mesure 15 cm ; le plus gros, le requin-baleine, 18 m et pèse 40 t. C'est le plus grand des poissons.

Les grenouilles

• Il y a 350 millions d'années, des poissons sont sortis de l'eau. Leurs nageoires se sont transformées en pattes, leurs branchies en poumons. Ils sont devenus des grenouilles, qu'on appelle aussi amphibiens. Les bébés grenouilles, les têtards, sont d'ailleurs très proches des poissons : ils respirent sous l'eau. Seuls les adultes savent respirer à l'air libre.

• La famille des amphibiens compte 3 000 espèces : il n'y a pas que des grenouilles, mais aussi des rainettes, des crapauds, des salamandres.

• La grenouille saute ; le crapaud, lui, préfère marcher.

Pourquoi se méfier de la grenouille des fraises ?

Cette minuscule grenouille qui vit en Amazonie est très jolie : elle est toute rouge, ou rose, avec des pattes violettes. Mais elle est aussi très vénéneuse. Les Indiens s'en servent pour fabriquer leurs flèches empoisonnées.

Comment survit la grenouille polaire ?

Cette grenouille possède un don unique parmi les animaux : elle gèle sans mourir. Elle ne respire plus, son sang ne circule plus, et pourtant elle est toujours vivante. Elle a trouvé le moyen de geler très lentement, sans éclater de l'intérieur.

Comment la grenouille fait-elle pour respirer quand elle hiberne ?

La grenouille craint le froid : l'hiver, elle disparaît au fond des mares où elle s'endort, comme une marmotte. Pendant ce temps, elle est capable de respirer à travers sa peau en puisant directement l'oxygène qu'il y a dans l'eau.

Certaines grenouilles possèdent des ventouses sur leurs pattes pour s'accrocher aux plantes.

pourquoi la grenouille veut-elle se faire aussi grosse que le bœuf ?

La fable de Jean de La Fontaine se moque des grenouilles : elle a tort. C'est face au danger que les grenouilles, et surtout les crapauds, se gonflent d'air. Bien souvent, cela leur sauve la vie.

pourquoi la gorge des grenouilles bat-elle tout le temps ?

La grenouille n'a pas de muscles comme nous dans la poitrine. Pour faire entrer et sortir l'air de ses poumons, elle est obligée de faire battre sa gorge. Si elle arrêtait, elle étoufferait.

pourquoi la grenouille ferme-t-elle les paupières en mangeant ?

La grenouille ne sait pas mâcher. Comme elle n'a pas de palais, elle enfonce les globes de ses yeux dans sa bouche pour pousser la nourriture jusqu'à sa gorge. Ça l'aide à avaler.

pourquoi la grenouille est-elle toujours humide ?

Sa peau très mince n'est pas couverte de poils, de plumes ou d'écailles, comme les autres animaux : elle se protège donc elle-même en produisant de la bave.

pourquoi les grenouilles coassent-elles ?

Il n'y a que les mâles qui coassent, pour séduire les femelles. Plus le chant est grave, plus le mâle dit : “ je suis un dur, un costaud ”. Si un mâle s'arrête de coasser et se met à lever les jambes, c'est pour éviter de se faire repérer par les chauves-souris.

INCROYABLE !

- La petite grenouille kokoï fabrique le poison le plus dangereux de la terre. Une goutte suffit à tuer 100 000 hommes !

Les lézards

- *Les lézards sont des reptiles, les descendants des amphibiens.*
- *Leur peau est sèche, couverte d'écailles, et elle se détache par lambeaux une fois par mois : c'est la mue.*
- *Ils ont 4 pattes. Ils courent vite et grimpent aux arbres.*
- *Ils changent de couleur selon leurs humeurs, quand ils ont peur ou qu'ils sont en colère. Le caméléon et l'iguane sont 2 espèces de lézards.*
- *Les reptiles sont apparus sur Terre il y a 300 millions d'années.*

- *Les dinosaures étaient d'ailleurs des reptiles.*
- *Les lézards ne sont pas dangereux.*

Pourquoi les lézards font-ils la sieste au soleil ?

Pour se réchauffer, car ils ne savent pas, comme nous, produire leur propre chaleur. S'il fait trop froid, ils gèlent. Dès qu'il fait beau, ils vont donc s'étaler sur une pierre pour faire des provisions de chaleur.

Comment boit le moloch des sables ?

Le moloch est un gros lézard plein de piquants qui vit dans le désert. Au petit matin, on le voit s'immobiliser au haut d'une dune et déglutir comme s'il buvait à une fontaine invisible. En fait, il boit la rosée qui s'est déposée sur son corps et qui est conduite jusqu'à sa bouche par un réseau de microscopiques canaux recouvrant sa peau.

Pourquoi le basilic est-il baptisé "le lézard Jésus-Christ" ?

Parce qu'il marche sur l'eau. Ou plutôt il court, en se dressant sur ses 2 pattes arrière, pourvues de longs doigts comme des palmes. Son secret ? La vitesse : il est capable de se déplacer à une telle allure qu'il ne peut pas s'enfoncer dans l'eau. S'il s'arrêtait, il prendrait un bain.

Pourquoi le caméléon est-il si bon chasseur ?

Parce qu'il peut voir deux choses à la fois. Ses yeux fonctionnent séparément : pendant que l'un regarde le papillon devant à droite, l'autre surveille la sauterelle derrière, à gauche. Il peut chasser, comme on dit, deux lièvres à la fois...

Le caméléon se plaît beaucoup à lézarder au soleil allongé sur une branche ou une feuille.

Comment font les lézards pour se séparer de leur queue ?

La queue des lézards est faite de nombreux os mous et de toutes petites veines qui ne saignent pas beaucoup. Dès qu'ils se sentent en danger, ils utilisent une ruse pour détourner l'attention de leur adversaire. Ils laissent tomber un bout de leur queue, qui continue de bouger et occupe l'ennemi pendant qu'eux vont se cacher, bien à l'abri. Une autre queue va leur repousser, mais celle-ci ne pourra plus se détacher.

Comment fonctionne la langue du caméléon ?

C'est une très longue langue, mais surtout elle est terminée par un petit renflement comme une massue. La victime est assommée, engluée dans une sorte de bave collante que fabrique le caméléon, et ramenée dans la bouche pour la dégustation.

Pourquoi le crapaud cornu pleure-t-il du sang ?

Le crapaud cornu est un iguane d'Amérique. Quand il est menacé, il ferme les paupières et fait jaillir des larmes de sang en direction de son ennemi, tout surpris.

INCROYABLE !

- Le plus grand des lézards est l'iguane vert. Il mesure 2,20 m, mais sa queue fait à elle seule 1,75 m. Il sait très bien nager.

Les serpents

- *Les serpents sont des reptiles. À la différence des lézards, ils n'ont pas de pattes et doivent ramper pour se déplacer. Leur corps, couvert d'écailles, a besoin du soleil pour se réchauffer. Le serpent a des yeux fixes, pas d'oreilles visibles, pas de dents et il avale ses proies toutes crues.*
- *Pour grandir, il doit muer et perd toute sa peau en une seule fois.*
- *Il existe 3 000 espèces de serpents, dont 850 sont venimeuses.*
- *Ils sont apparus, il y a 130 millions d'années, avec des pattes !*
- *Les serpents peuvent vivre jusqu'à 20 ans.*

Pourquoi le serpent a-t-il le regard si fixe ?

C'est parce qu'il ne bat pas des paupières. Elles sont transparentes et en permanence fermées, soudées à ses yeux. Mais il voit à travers.

Comment le serpent fait-il pour entendre ?

En fait il est sourd ! Mais il a à l'intérieur de la tête des petits os spéciaux qui lui permettent de capter les sons très aigus et surtout les vibrations. S'il danse devant le charmeur de serpents, c'est parce qu'il suit les mouvements de l'instrument. Dans la nature si on marche en tapant fort des pieds, le serpent “entend” résonner la terre et s'enfuit.

Pourquoi les pythons et les boas vivent-ils dans les arbres ?

Pour attraper leurs proies, ils les guettent du haut des branches et se laissent tomber sur elles quand elles passent en dessous. L'anaconda est une sorte de boa qui préfère vivre dans l'eau.

Pourquoi le serpent tire-t-il toujours la langue ?

Comme il voit mal et qu'il est sourd, il repère ses proies surtout au goût. Il a aux deux

extrémités de sa langue bifide des papilles très sensibles. Quand il ramène sa langue dans sa gueule, il la colle au fond de son palais sur un organe spécial qui le renseigne sur ce qu'il a touché. Il peut même savoir si un animal est passé récemment et le suivre à la trace.

L'anaconda, le plus grand serpent du monde, est capable de tuer un crocodile en l'étouffant.

Pourquoi fuir au bruit du serpent à sonnettes ?

Parce qu'il va bientôt attaquer. Juste avant, les anneaux en corne situés au bout de sa queue s'entrechoquent. C'est la sonnette d'alarme. Pour repérer ses proies, un organe spécial au-dessus de sa tête capte leur chaleur.

Comment différencier la couleuvre de la vipère ?

La couleuvre, qui n'est pas venimeuse, a une tête ronde recouverte de larges écailles, et des yeux ronds. La vipère a une tête plus aplatie, triangulaire, et des pupilles fendues.

Comment se défendre contre un cobra ?

Quand il attaque, il se dresse et déploie son cou comme un chapeau. Il faut toujours rester au-dessus de sa tête et ne jamais se pencher pour éviter qu'il ne pique.

Comment le serpent fait-il pour avaler ses proies ?

Il a une gueule qui peut se déformer à volonté. Ses mâchoires ne sont pas reliées directement ensemble, et elles sont attachées au crâne de manière très souple.

INCROYABLE !

- Le python peut jeûner pendant presque 1 an.
- Le venin du cobra tue un homme en un quart d'heure.

Les tortues

- *Les tortues ont un corps large et court, recouvert d'une carapace en os, couverte d'écailles, qui leur sert d'abri. Elles n'ont pas de dents, mais un bec en corne aux bords tranchants, avec lequel elles coupent et écrasent la nourriture.*
- *Il existe 3 sortes de tortues : les terrestres, qui sont herbivores, les tortues d'eau douce et les tortues marines, qui elles sont carnivores.*

- *Les tortues font partie de la famille des reptiles ; on en compte 250 espèces.*
- *Les tortues craignent le froid et peuvent hiberner, enterrées ou cachées au fond des mares, sans respirer.*

comment connaître à l'avance le sexe des bébés tortues ?

Les tortues pondent des œufs et les abandonnent dans la nature. Ceux qui sont placés à l'ombre donnent des mâles. Ceux qui sont au soleil, des femelles.

pourquoi les îles Galápagos, ou îles aux tortues, ont un tel nom ?

Quand les Espagnols les ont découvertes en 1535, il y avait tellement de tortues sur ces îles qu'on marchait sur leurs carapaces, d'où le nom donné à l'île qui venait d'être découverte. C'étaient des tortues géantes qui pouvaient vivre jusqu'à 150 ans. Elles ont presque toutes disparu car les hommes les ont tuées pour leur chair.

pourquoi les tortues se mordent-elles ?

Ce sont les mâles qui mordent les pattes et les bords de la carapace des femelles pour les forcer à s'accoupler à eux. Les femelles ont la carapace bombée et les mâles le ventre en creux : comme ça, ils peuvent s'emboîter pour faire des petits.

Tortue de mer.

Comment chasse la tortue-alligator ?

Cette tortue vorace vit dans les marais de Floride. Elle a sur la langue 2 petites verrues qui imitent des vers. Pour pêcher, elle se contente donc d'attendre, en tirant la langue, que les poissons se jettent dans la gueule du loup !

Pourquoi les tortues marines pleurent-elles ?

Pour éliminer le sel qu'elles mangent en grandes quantités en dévorant les crustacés et les poissons de la mer. C'est aussi la raison pour laquelle elles font beaucoup pipi.

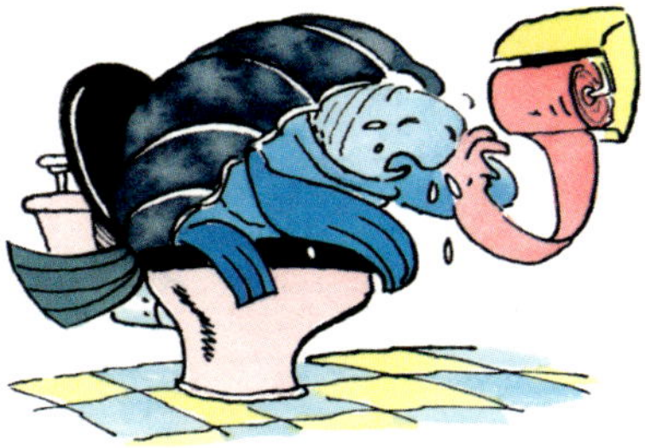

Comment les tortues marines s'occupent-elles de leurs petits ?

Elles ne s'en occupent pas du tout. Elles pondent des œufs dans un trou sur la plage et retournent aussitôt à la mer. En naissant, les bébés se précipitent dans l'eau pour échapper aux serpents ou aux oiseaux. Ils devront alors se méfier des poissons. Beaucoup de bébés sont dévorés !

Comment deviner l'âge d'une tortue ?

Les tortues sont réputées pour vivre très longtemps. On peut essayer de lire leur âge en comptant les stries sur leur carapace : une strie par hiver. Mais certaines années, elles ne trouvent pas assez de nourriture et arrêtent de grandir. Ce n'est donc pas une méthode très sûre. Les très vieilles tortues sont aveugles et un peu folles : elles attaquent les pierres, les murs ou les troncs d'arbre en se jetant dessus.

INCROYABLE !

- La tortue-alligator a le bec si tranchant qu'elle peut couper net un doigt ou un crayon. Sa cousine, la tortue hargneuse, adore les orteils des nageurs...

Les crocodiles

- *Les crocodiles sont des reptiles au corps couvert d'écailles, terminé par une puissante queue qui leur permet de très bien se diriger dans l'eau. Ils ont aussi 4 pattes et sont très agiles sur terre où ils se déplacent à une vitesse étonnante. Leur museau est garni de dents acérées en forme de poignard. Ils n'hésitent pas à s'attaquer à des proies plus grosses qu'eux.*
- *Sur les 22 espèces de crocodiles, on distingue 3 grands groupes : les crocodiles vrais, les alligators ou les caïmans, et les gavials.*
- *Les crocodiles pondent des œufs à terre dans des nids de boue et de feuilles.*

Pourquoi le crocodile entraîne-t-il toujours ses proies sous l'eau ?

Pour les noyer, afin de les manger tranquillement. Il ne risque pas de s'étouffer en avalant de l'eau, car il a un clapet au fond de la gorge qui se ferme automatiquement quand il plonge.

Pourquoi ne mange-t-il pas ses proies aussitôt après les avoir capturées ?

Il a des dents pointues, parfaites pour attraper ses proies, mais très inefficaces quand il s'agit de les manger. D'ailleurs, il préfère souvent attendre que la viande ait un peu pourri : elle est alors plus molle et facile à déchirer. Il a un terrier sur la berge où il entrepose les cadavres de ses victimes. Une vraie infection !

Comment distinguer un crocodile d'un alligator ?

Les dents du crocodile sont toujours visibles quand il a la gueule fermée. Elles dépassent de tous les côtés et lui donnent un air féroce. Chez l'alligator, seules les dents du dessus apparaissent ; elles pointent vers le bas et font beaucoup moins peur. Quant au gavial, qui vit en Inde, il a un long museau comme un tube avec de toutes petites dents et ne mange que des poissons.

Pourquoi la maman crocodile mange-t-elle ses petits ?

Faux, elle ne les mange pas. Elle se contente de les saisir délicatement dans sa gueule, juste après leur naissance, pour les mener dans l'eau en toute sécurité.

Après avoir attrapé sa proie, le crocodile l'emporte au fond de l'eau.

Pourquoi le crocodile avale-t-il des pierres ?

Afin de se remplir l'estomac et d'être suffisamment lourd pour ne pas flotter. Sinon ses proies le verraient approcher. Il sait calculer exactement le nombre de pierres qu'il lui faut pour rester juste sous la surface, sans couler. Les pierres lui servent aussi à broyer la nourriture dans son estomac, car il digère très lentement.

Comment le crocodile fait-il pour chasser sans être vu ?

Il se tient immobile sous la surface de l'eau. Seuls ses narines et ses tout petits yeux, placés exprès au sommet de sa tête, restent émergés. Souvent, il se place à un endroit qu'il a repéré à l'avance, où viennent se désaltérer les animaux.

Pourquoi le crocodile dort-il la gueule ouverte ?

Pour éviter d'avoir trop chaud. Ça permet à l'air d'entrer et de sortir de son corps et de le rafraîchir. Mais il faut se méfier d'un crocodile qui dort : avance un bâton dans sa gueule et tu la verras se refermer à la vitesse de l'éclair.

INCROYABLE !

- Les crocodiles peuvent vivre plus de 100 ans. Ils ne vieillissent pas et restent en pleine forme jusqu'à la fin.

Les oiseaux

- *Les oiseaux descendent d'un petit dinosaure dont les pattes avant sont devenues des ailes, il y a 140 millions d'années. Ce sont les seuls animaux couverts de plumes et capables de voler, à l'exception de la chauve-souris.*
- *Ils ont un bec, court et massif, s'ils mangent des graines, long et pointu s'ils préfèrent les insectes.*
- *Il existe 8 000 espèces d'oiseaux.*
- *Les oiseaux ont des membranes spéciales dans la gorge qui leur permettent de chanter quand l'air passe dessus. Les oiseaux ont 3 sortes de plumes : le duvet, les plumes de couverture, et les plumes de vol, des ailes et de la queue.*

Comment les bébés oiseaux grandissent-ils dans l'œuf ?

Au début, il n'y a que du blanc et du jaune, comme dans les œufs que tu manges. Puis, l'oisillon grandit en prenant la place du blanc : le jaune lui sert de magasin à nourriture. À la fin, la coquille de l'œuf devient toute mince. La substance qui la rendait dure, et qu'on appelle le calcium, est passée dans les os du petit oiseau. Celui-ci n'a plus qu'à la percer.

Pourquoi les oiseaux chantent-ils ?

C'est surtout pour séduire leur belle, au printemps. Le rossignol a un chant long et mélodieux. Il l'utilise pour charmer les femelles qui volent haut dans le ciel lorsqu'elles reviennent de migration.

Pourquoi ébouriffent-ils leurs plumes ?

Pour se tenir chaud l'hiver et se faire comme un manteau d'air autour des plumes. La nuit, ils se serrent les uns contre les autres sur les fils électriques. L'été, au contraire, ils ouvrent le bec et lissent leurs plumes contre leur corps.

Le nid de la mésange à longue queue est recouvert de lichen.

pourquoi les oiseaux s'attachent-ils parfois si fort aux humains ?

Quand ils naissent, les oisillons prennent pour leur maman la première personne qu'ils voient. Souvent, les canetons et les poussins voient les deux bottes vertes de la fermière : ils les suivront toute leur vie.

pourquoi font-ils des nids si compliqués ?

Ce sont les petits oiseaux qui font des nids savants car ils ont des œufs fragiles : s'ils se contentaient d'empiler du bois mort, leurs œufs risqueraient de se casser contre les branches pointues. L'hirondelle fait son nid avec de la boue, la mésange avec du coton, le colibri avec la soie des toiles d'araignées.

pourquoi certains oiseaux ne survolent-ils jamais la mer ?

Certains oiseaux comme les cigognes ont peur de l'eau. Pour voyager de l'Europe à l'Afrique, elles évitent de traverser la Méditerranée et préfèrent passer au-dessus du détroit de Gibraltar, par l'Espagne, ou par le détroit du Bosphore en Turquie. Ce sont des as de la géographie !

pourquoi les oiseaux se regroupent-ils à l'automne ?

C'est le signal du grand départ vers les pays chauds. Tous les oiseaux qui mangent des insectes migrent pendant l'hiver. Ceux qui mangent des graines restent, parce qu'ils trouvent toujours de quoi manger chez nous, même s'ils doivent jeûner un peu quand il fait froid.

pourquoi sont-ils si légers ?

Parce qu'ils n'ont pas de mœlle dans leurs os, comme nous, mais juste de l'air. Ils n'ont pas de vessie non plus et ne peuvent pas se retenir pour faire pipi. Ils n'ont pas de dents, mais un bec, ça pèse moins lourd. Bref, c'est tout poids plume.

INCROYABLE !

- La sterne arctique fait tous les ans un voyage du pôle Nord au pôle Sud : 36 000 km en tout !

Les oiseaux communs

- *La plus grande famille d'oiseaux est celle des passereaux : elle regroupe les alouettes, les mésanges, mais aussi les pies et les corbeaux, soit au total 5 200 espèces. Nous avons l'habitude de les voir, ou au moins de les entendre, et nous n'y prêtons pas vraiment attention. Pourtant, ils ont des secrets qui en étonneraient plus d'un.*

- *Les oiseaux à viande blanche, comme le poulet ou la pintade, ne peuvent pas voler longtemps : ce sont des gallinacées.*
- *Les oiseaux à viande rouge, comme le pigeon, sont beaucoup plus endurants.*

Pourquoi le martinet n'a-t-il pas de nid ?

Il peut voler des mois durant sans jamais se poser. Le soir, il monte au-delà des nuages pour dormir tranquille, et réapparaît le matin.
Le martinet a tout de même besoin d'un nid pour y mettre son œuf : mais c'est un nid si petit et si mal fait que le martinet doit coller l'œuf au fond avec sa salive pour qu'il ne tombe pas par terre.

Comment le pigeon nourrit-il ses petits ?

En l'allaitant. Il est le seul oiseau capable de fabriquer du lait, dans une poche qu'il a sur le devant de la poitrine, le jabot. Le lait remonte ensuite dans sa gorge et le pigeon le crache dans le bec de ses oisillons.

Comment les mésanges nomment-elles leur roi ?

Les mésanges charbonnières ont sur la poitrine une longue bande noire qui descend de haut en bas. C'est celle qui a la bande la plus large qui fait la loi. Mais pourquoi a-t-elle une bande si large ? Parce qu'elle a été mieux nourrie au nid et que ses parents l'avaient déjà. Chez les mésanges, comme partout, on est roi de père en fils.

Pourquoi le pigeon voyageur retrouve-t-il son nid ?

Il a dans le cerveau et dans le cou des petits aimants qui le guident. Ça explique qu'il puisse retrouver son chemin même quand on lui met des caches sur les yeux.

La mésange charbonnière pond de 10 à 12 œufs 2 fois par an.

pourquoi la pie-grièche est-elle réputée si cruelle ?

Parce qu'elle empale ses victimes sur des épines en attendant de les manger. Si tu vois des grenouilles, des serpents ou des souris pendre d'une branche d'acacia, c'est que tu es tombé sur la maison de cette terrible pie.

pourquoi les pics écoutent-ils au tronc des arbres ?

On voit parfois, dans la forêt, des pics, la tête penchée, l'oreille collée contre un tronc d'arbre. C'est qu'ils écoutent les larves ramper à l'intérieur du bois. Quand ils en ont repéré une, crac, ils creusent un trou et déroulent leur immense langue : le déjeuner est prêt.

pourquoi les bébés coucous sont-ils gâtés ?

Quand la maman coucou veut pondre son œuf, elle cherche le nid d'un autre oiseau, retire un des œufs qui y était déjà et le remplace par le sien. Et hop, ni vu ni connu, elle s'en va. Quand le petit coucou naît, il est bossu avec son dos tout rond et il pousse les autres œufs hors du nid. Il est désormais enfant unique et peut se laisser chérir par ses parents adoptifs, qui eux n'y ont vu que du feu.

INCROYABLE !

- Un martinet peut attraper 10 000 insectes en une seule journée.

Les oiseaux aquatiques

- *Certains ont les doigts de leurs pattes reliés par une palme qui leur permet de bien nager. On les appelle des palmipèdes. C'est le cas des canards, des pélicans et des mouettes. D'autres, qui vivent dans les marais ou sur les berges des rivières, ont de longues pattes qui les aident à marcher dans la vase. Ce sont les échassiers.*

- *Les oiseaux aquatiques rendent leur plumage imperméable en le lissant avec une huile qu'ils sécrètent par leur bec.*
- *Les oiseaux marins ont une petite fente au-dessus du bec pour éliminer le sel des poissons dont ils se nourrissent.*

Pourquoi le pélican a-t-il un si gros bec ?

C'est un bec élastique qui lui sert de sac à provisions. Le pélican pêche en effet beaucoup de poissons à la fois, car il a une technique très efficace : avec ses copains, il encercle les bancs de poissons et les pousse au centre avec ses grandes ailes déployées et son bec ouvert. Pas un n'en réchappe.

Pourquoi le flamant rose est-il rose ?

À cause du carotène contenu dans les petites crevettes qu'il mange dans les marais. C'est le même carotène qui rend les fesses des bébés si roses.

Pourquoi le héron est-il si patient ?

Immobile, une patte levée au milieu du cours d'eau, le héron ne dort pas, il chasse. Il se place face au soleil pour éviter de projeter son ombre sur l'eau, ce qui signalerait sa présence aux poissons. Quand l'un d'eux passe à sa portée, il déplie son cou très vite, le saisit et va l'assommer sur la berge. Parfois, les hérons ont les yeux plus grands que le ventre et essaient d'avaler des poissons trop gros pour eux : ils meurent en s'étouffant.

Pourquoi les mouettes ont-elles une tache rouge sous le bec ?

Seuls les adultes ont cette tache. Les petits dans leur nid piquent la tache avec leur bec pour prévenir qu'ils ont faim. Les mouettes partent alors leur pêcher des poissons.

Le flamant rose est un très bel oiseau qui vit autour des lacs et des étangs.

Pourquoi le flamant met-il la tête à l'envers dans l'eau ?

Il a un bec en forme de banane. Quand il le plonge dans l'eau, il le tord en un drôle de mouvement. C'est le dessus du bec et non le dessous qui est sous l'eau. Le dessus du bec est percé de petites fentes qui servent de tamis pour filtrer la nourriture.

Pourquoi les canards claquent-ils du bec ?

Le dessous de leur bec est percé de fentes étroites comme un tamis. Les canards plongent, râclent la vase au fond des rivières, remontent et font claquer leur bec pour que toute l'eau et la terre ressortent. Puis ils avalent ce qui reste d'un coup de langue en rejetant la tête en arrière.

Pourquoi les macareux volent-ils en formant des roues ?

Les macareux sont de petits oiseaux dodus et rigolos au bec rouge qui font leur nid dans les falaises. Sur l'eau, ils sont très agiles. Au nid, ils sont à l'abri. Mais entre les deux, ils peuvent facilement se faire gober par les cormorans. Ils forment alors, le long de la falaise, des grandes roues qui tournent pour monter et descendre, bien serrés les uns contre les autres, en toute sécurité.

INCROYABLE !

- Avec ses 3,40 m d'envergure, l'albatros est le plus grand des oiseaux qui volent. Il peut vivre jusqu'à 70 ans.

Les oiseaux exotiques

- ***Bleu, rouge, or, les oiseaux exotiques sont souvent très colorés. Ce sont les mâles qui arborent un si beau plumage. Les femelles, elles, sont beaucoup plus ternes afin de passer inaperçues pendant qu'elles couvent les œufs.***
- ***Les oiseaux tropicaux chantent très bien pour se faire entendre à travers le feuillage épais des forêts. Certains, comme le perroquet, ont même des dons d'imitation.***

- ***La traîne du paon est faite de 150 plumes, attachées au bas de son dos.***
- ***L'oiseau de paradis est tellement beau qu'on croyait autrefois qu'il venait du paradis : d'où son nom.***

Pourquoi le cacatoès joue-t-il à l'homme-orchestre ?

Il aime marteler le tronc des arbres creux avec des bouts de bois qu'il a taillés avec ses griffes. Car il sait que seul ce son grave et rythmé peut percer l'épais feuillage des forêts où il vit. Ainsi, il signale sa présence aux dames de passage ou à ses ennemis.

Pourquoi l'oiseau-lyre est-il ainsi baptisé ?

Parce que son plumage imite une lyre : 2 grandes plumes noires de chaque côté et, au centre, de fines plumes comme des fils d'argent, qu'il fait trembler en chantant.

Comment l'oiseau-berceau séduit-il sa dame ?

C'est un oiseau gris ou noir et pas très beau. Mais il construit de merveilleux jardins dans la forêt : des allées couvertes de fleurs, de feuilles fraîches qu'il change tous les matins, de coquillages, de plumes colorées. La femelle visite et, si l'appartement lui plaît, elle dépose ses bagages et se marie.

Pourquoi le colibri boit-il le nectar des fleurs ?

On a cru longtemps qu'il l'aspirait avec son long bec, comme s'il buvait une limonade à la paille. En fait, non : il a une très longue langue fendue en 2 et il lape le nectar comme un petit chat, en donnant 13 coups de langue à la seconde.

Les aras sont les plus gros des perroquets. Ils ont tous de belles couleurs et une longue queue.

Pourquoi les aras mangent-ils de la terre ?

Pour ne pas mourir. Ces gros perroquets multicolores adorent les graines à la strychnine. Mais, problème, c'est le poison le plus toxique du monde. Ils se précipitent alors sur les berges des rivières et se gavent de vase : elle contient du kaolin, un sel minéral qui leur sert d'antidote.

Pourquoi la maman calaos s'emmure-t-elle vivante ?

Avant de pondre, elle s'enferme dans un arbre creux, en bouchant l'entrée avec sa fiente. Il reste juste une petite fente par laquelle le mâle glisse un peu de nourriture. Ainsi, elle peut élever les petits bien à l'abri, sans avoir peur de se les faire manger.

Comment le perroquet fait-il pour parler ?

Grâce à sa grosse langue qu'il tourne dans son bec pour imiter toutes sortes de sons. On se moque du perroquet en prétendant qu'il répète bêtement ce qu'on lui dit. C'est faux : il associe les mots aux situations. Il dit "allô" quand le téléphone sonne ou "sauve qui peut" quand il voit arriver le chat.

INCROYABLE !

- Le colibri est le plus petit des oiseaux. Quand il vole sur place, il fait 100 battements d'aile à la seconde.

Les rapaces

- *Les rapaces sont des oiseaux carnivores. Ils ont un bec en forme de crochet, très solide pour couper et déchirer la viande. Ils ont aussi 4 doigts à leurs pattes, prolongés par de longues griffes : ce sont les serres.*
- *Il existe 2 sortes de rapaces : ceux qui vivent le jour, comme l'aigle, le faucon ou le vautour, et ceux qui vivent la nuit, comme la chouette ou le hibou. La vue du faucon est 8 fois meilleure que la nôtre, celle du hibou 100 fois meilleure.*

- *Le nid des rapaces, situé toujours en hauteur, s'appelle l'aire. Il fait 1 m de large chez l'aigle.*
- *Un aigle royal peut vivre jusqu'à 40 ans.*

pourquoi l'aigle bat-il si peu des ailes quand il vole ?

Il a des ailes très larges qui lui permettent de planer sur les courants d'air. S'il battait des ailes, il se fatiguerait vite car il a un territoire de chasse très vaste. Au bout de ses ailes, ses grandes plumes s'écartent comme des doigts ; elles bougent et lui font des petites ailes supplémentaires pour aller plus haut.

pourquoi dit-on que le faucon prie quand il chasse ?

Parce qu'il se tient immobile dans l'air, le corps vertical face au vent, et il ramène ses ailes très vite devant lui comme s'il joignait les mains. Pendant ce temps, il surveille les alentours et dès qu'il a vu une proie, il se laisse tomber sur elle comme une pierre et lui transperce le cœur de ses griffes, d'un coup.

Dès qu'un vautour a repéré une proie, les autres foncent dessus avec lui pour se la partager.

pourquoi le vautour a-t-il un si grand cou ?

Le vautour est un charognard il se nourrit de cadavres. Sa tête chauve et son long cou lui permettent de fouiller dans les carcasses sans se salir les ailes.

Pourquoi les hiboux et les chouettes ont-ils un regard si étrange ?

Parce que leurs yeux sont réunis à l'avant de leur tête, et non situés sur les côtés comme chez la plupart des autres animaux. Ils sont gros et très saillants pour capter le maximum de lumière et leur permettre de voir la nuit.

Comment distinguer la chouette du hibou ?

Le hibou a sur le sommet de la tête deux petites plumes ressemblant à des oreilles. Il les fait bouger selon son humeur. La chouette, elle, n'en a pas mais elle sait dresser ses plumes sur son corps et sa tête et ouvrir ses grandes ailes pour effrayer ceux qui oseraient s'approcher du nid où sont cachés ses petits.

Comment les chouettes et les hiboux repèrent-ils leurs proies ?

Par la vue, mais aussi par l'ouïe qu'ils ont très fine. C'est pour cela que leurs plumes sont disposées en cercle autour de leurs yeux, comme un soleil. Elles sont bien lisses et ne font pas obstacle au bruit.

Pourquoi les chouettes et les hiboux crachent-ils après avoir mangé ?

Ils avalent leurs proies toutes crues, poils, plumes, pattes inclus. Tous ces déchets impossibles à digérer sont réunis dans l'estomac sous forme de petites pelotes qu'ils finissent par recracher.

Pourquoi les hiboux sont-ils si silencieux quand ils volent ?

Parce qu'ils ont des plumes veloutées spécialement conçues pour ne pas effrayer les petits animaux de la nuit qui, comme eux, entendent très bien.

INCROYABLE !

- Le plus grand des rapaces est le condor, il fait plus de 3 m toutes ailes déployées. C'est un charognard.

Les oiseaux qui ne volent pas

- *Pour certains oiseaux, voler ne servait pas à grand-chose. Leurs pattes ont donc grandi et se sont musclées, leurs ailes sont devenues toutes petites. Ils ne peuvent plus voler mais ils courent très vite. C'est le cas de l'autruche ou du kiwi, qui lui n'a plus d'ailes du tout.*

- *Chez le manchot, les ailes se sont transformées en nageoires : il nage comme une fusée.*
- *L'autruche est le plus gros des oiseaux : elle mesure 2,50 m et pèse 150 kg.*
- *Il ne faut pas confondre le manchot, qui vit au pôle Sud, et le pingouin, qui niche au pôle Nord et sait toujours voler.*

Comment le kiwi récolte-t-il son déjeuner ?

Il mange des vers de terre en fouillant la terre avec son long bec. Mais, surprise : il est le seul oiseau à avoir de l'odorat. Ses narines sont situées au bout de son bec et c'est en reniflant qu'il détecte les vers.

Comment le manchot couve-t-il ses œufs dans le froid ?

Grâce à un repli de peau qu'il a sous les pattes. Il ne couve qu'un seul œuf à la fois, en s'asseyant dessus. Il ne peut pas faire de nid : c'est impossible dans la glace. S'il découvre l'œuf un instant, il gèle immédiatement. Le manchot se reproduit pendant l'hiver, il affronte les conditions de survie les plus dures du monde.

Pourquoi le manchot aime-t-il tant faire du toboggan ?

On le voit souvent glisser, le ventre sur la glace. Sur l'eau aussi, il surfe en tanguant sur les vagues. Pour revenir sur terre, il accélère avec ses nageoires et fait gicler de l'eau comme un missile. Grâce à tous ces stratagèmes, il dépense le moins d'énergie possible dans le froid. En plus, il n'aime pas marcher.

Pourquoi y a-t-il tant d'œufs dans un nid d'autruche ?

Parce que l'autruche mâle a plusieurs femelles. Elles viennent chacune à leur tour pondre leurs œufs dans le nid : parfois il y en a plus de 20 qui sont réunis. Le mâle et sa femelle favorite les couvent ensuite à tour de rôle, l'un le jour, l'autre la nuit.

Chez les manchots, c'est papa qui couve l'œuf. Lorsque le bébé naît, maman prend le relais.

pourquoi les manchots restent-ils en groupes ?

Pour se protéger du froid. Ils forment une grande spirale qui peut sembler immobile quand on regarde trop vite, mais en fait qui bouge en permanence. Ceux qui sont au centre du groupe reviennent régulièrement sur le devant et vice-versa.

pourquoi l'autruche met-elle sa tête dans un trou en cas de danger ?

Pour échapper à ses ennemis. Dans la savane, l'air tremble tellement il fait chaud. La grande autruche voit arriver ses prédateurs de loin. Alors elle s'accroupit et met sa tête dans le sol ou sous son aile. Et, pouf, avec sa couleur grise, elle disparaît complètement dans l'air tout flou.

pourquoi les autruches sont-elles toujours suivies d'une foule de petits ?

L'autruche mâle aime se balader avec tous ses rejetons à sa suite. Quand il rencontre un autre papa avec ses petits, il se bat avec lui jusqu'à ce que l'un des deux meure. Le vainqueur repart avec les petits du vaincu, qu'il adopte.

INCROYABLE !

- Un œuf d'autruche pèse 1,6 kg, ce qui équivaut au poids de 25 œufs de poule.

Les mammifères

- *Les mammifères sont les plus évolués des vertébrés.*
- *Ils sont apparus sur terre il y a 200 millions d'années, en même temps que les dinosaures. D'abord petits comme des lapins et très discrets, ils ne se sont vraiment multipliés qu'à la disparition des dinosaures, 65 millions d'années avant notre ère.*
- *Il existe aujourd'hui 4 600 espèces de mammifères.*
- *Les mammifères sont issus des reptiles. L'homme est un mammifère.*

Comment grandissent les bébés mammifères?

À part une ou deux exceptions, les mammifères sont vivipares : leurs petits naissent vivants et actifs – pas à l'état d'œuf ou de larve. Pour cela, la maman mammifère a dans le ventre une poche spéciale, l'utérus, qui gonfle au fur et à mesure que le bébé se développe.

Pourquoi les appelle-t-on mammifères ?

Mammifères vient du latin "mamma" qui signifie mamelle. Les femelles des mammifères sont en effet les seules, parmi tous les animaux, à allaiter leurs petits. Les mamelles sont des glandes qui sécrètent un produit très spécial et unique dans la nature : le lait.

Pourquoi certains mammifères rêvent-ils ?

Seuls les carnivores et les primates rêvent beaucoup. Les herbivores, qui ont toujours peur de se faire attaquer, ont le sommeil léger et ne rêvent presque pas.

Boeufs musqués.

Comment distingue-t-on les mammifères ?

À leur manière de s'alimenter. Les plus anciens mammifères sont insectivores : ils mangent des insectes. Viennent ensuite les herbivores, qui broutent les herbes et les feuilles, puis les carnivores, qui dévorent les herbivores, et enfin les rongeurs et les primates, qui eux mangent de tout : ils sont omnivores.

Pourquoi les petits des mammifères naissent-ils si différents ?

Certains naissent tout nus, sans poils, aveugles et sourds, comme les chatons ou les lionceaux. D'autres sont poilus et prêts à se débrouiller seuls, comme les bébés antilopes ou les girafeaux. Les premiers naissent dans des terriers et aucun danger ne pèse sur eux. Les seconds doivent courir tout de suite pour ne pas se faire manger.

Pourquoi les mammifères sont-ils si indépendants ?

Les mammifères dépendent peu des conditions extérieures pour survivre car ils ont la capacité de maîtriser la température de leur corps. Ce sont des animaux "à sang chaud". Les reptiles sont des animaux "à sang froid" : ils sont obligés de s'exposer au soleil pour se réchauffer et ne pas mourir de froid.

Comment voit-on que les mammifères sont intelligents ?

Les mammifères les plus intelligents vivent en société organisée, avec un langage pour communiquer, un chef et des règles à respecter. Ces règles ne sont pas innées : les bébés ne les connaissent pas en naissant, comme chez les fourmis ou les abeilles. Ils les apprennent en jouant.

INCROYABLE !

- L'éléphanteau est le mammifère qui reste le plus longtemps dans le ventre de sa mère : 21 à 22 mois.

Les marsupiaux

- *Les marsupiaux sont des mammifères très anciens. Ils donnent naissance à des prématurés, des bébés qui ne sont pas capables de survivre tout seuls. Ils ont une poche sur le devant du ventre qui leur sert de couveuse.*
- *Il y a 3 grandes sortes de marsupiaux : les kangourous, les koalas et les opossums.*
- *Il y a 100 millions d'années, les marsupiaux étaient très nombreux. Il n'en reste aujourd'hui que 270 espèces. Le plus grand est le kangourou rouge : il mesure 2 m assis. Le kangourou court à 60 km/h en faisant des bonds de plus de 3 m de haut.*

Pourquoi le koala est-il un animal si rare ?

Parce qu'il ne se nourrit que de feuilles d'eucalyptus. Elles sont très difficiles à digérer car l'arbre, quand il se sent attaqué, fabrique un poison qui circule dans sa sève. C'est pour ça qu'on voit souvent les koalas avec une branche entière d'eucalyptus entre les pattes : ils la coupent avant de la manger pour bloquer le passage de la sève.

Pourquoi les bébés koalas mangent-ils leurs crottes ?

Parce qu'elles contiennent un antidote pour lutter contre le poison contenu dans les feuilles d'eucalyptus dont ils se nourrissent.

Pourquoi le kangourou saute-t-il si bien mais ne sait-il pas marcher ?

Il a des pattes arrière musclées et une queue rigide qui lui permettent de sauter sans effort, comme un ressort. Pour marcher, il doit prendre appui sur sa queue comme sur un trépied et projeter ses deux pattes arrière vers l'avant en même temps. Pas évident !

Le jeune koala restera accroché à sa mère pendant 7 à 10 mois.

Comment le petit fait-il pour monter tout seul dans la poche ?

À la naissance, le bébé est aveugle et la maman kangourou, avec ses tout petits bras, ne peut pas le placer elle-même dans la poche. Il doit donc y grimper tout seul. Pour le guider, la maman trace un chemin de salive le long de son ventre. Le petit n'a qu'à le suivre. La salive tue les microbes et empêche le bébé d'attraper des maladies.

Pourquoi le bébé n'est-il pas éjecté de la poche quand sa maman saute ?

Au fond de la poche, il y a un téton. Le bébé s'y accroche et le téton gonfle à l'intérieur de sa bouche. Il ne peut plus le recracher et y reste attaché.

Comment le kangourou échappe-t-il à son ennemi, le dingo ?

Le dingo est le chien sauvage d'Australie. Pour lui échapper, le kangourou plonge dans l'eau et y reste jusqu'à ce que le dingo, qui ne sait pas nager, se décourage.

Pourquoi la femelle a-t-elle une poche ?

La grossesse d'une maman kangourou ne dure que 1 mois. Quand son bébé naît, il est tout rouge, sans poils, aveugle et sourd. Pour survivre, il doit continuer son développement bien au chaud dans la poche que la maman a sur le ventre. Il y reste enfoui pendant 4 mois, complètement invisible. Plus grand, il s'y réfugie dès qu'il est fatigué ou qu'il a peur.

INCROYABLE !

- Le bébé du kangourou géant ne mesure que 2 cm à la naissance.
- La femelle du kangourou géant peut courir à 60 km/h.

L'ornithorynque

- *L'ornithorynque est un très petit animal qui peut tenir dans la main. Il a une allure étrange avec ses pieds palmés qui lui permettent de se propulser sous l'eau, son bec de canard et sa fourrure épaisse. C'est un mammifère, mais le plus primitif des mammifères qui soit : en effet, il pond des œufs, comme les reptiles.*

- *Il vit en Australie, dans des rivières à l'eau très froide. Il mange des larves d'insectes et de petits crustacés.*
- *Il peut vivre jusqu'à 20 ans en captivité, 12 ans dans la nature.*

Comment faire pour distinguer un mâle d'une femelle ?

Le mâle a, sous les chevilles, un petit ergot piquant qui lui sert à injecter du venin quand il est attaqué. Le poison peut facilement provoquer la paralysie d'un bras ou d'une jambe chez l'homme, ou la mort d'un chien. La femelle a ce dard quand elle est bébé, mais elle le perd au bout de 1 an. L'ornithorynque est un des très rares mammifères à être venimeux.

Comment voit-il sous l'eau sans ses yeux ?

Il ne voit pas. Il se repère grâce à son bec de canard très sensible où sont placés des petits récepteurs électriques. C'est ainsi qu'il attrape ses proies, en fouillant la vase au fond de l'eau.

Comment la maman ornithorynque nourrit-elle ses petits ?

Elle ne met pas bas comme les autres mammifères et n'a donc pas de mamelles pour allaiter. En fait, elle a une surface de peau sous le ventre d'où suinte le lait. Les petits lèchent directement le lait qui perle sur la fourrure de leur maman.

L'ornithorynque est un excellent nageur.

Comment fait-il pour manger sous l'eau ?

Il ne mange pas sous l'eau : il garde sa nourriture dans ses abajoues, comme les hamsters, et la mâche une fois revenu à la surface, à l'aide des coussinets en corne qui, chez lui, remplacent les dents.

Pourquoi le petit ergot que le mâle possède est-il venimeux ?

C'est bizarre. On ne sait pas bien pourquoi car si c'était seulement pour se défendre contre les rapaces ou les renards qui le chassent souvent, la femelle aussi posséderait un ergot. On pense que c'est un moyen pour le mâle de faire peur à ses rivaux et de conquérir une femelle pendant la période de reproduction. L'ergot diminue d'ailleurs de taille quand la saison des amours est terminée.

Comment les petits grandissent-ils ?

Ils restent bien à l'abri dans le terrier creusé spécialement pour eux et qui peut mesurer plusieurs mètres de long et contenir de nombreuses chambres où ils peuvent grandir tranquillement.

Pourquoi a-t-il la peau blanche près des yeux ?

C'est un petit bourrelet de fourrure de couleur blanche qui se rabat sur ses yeux et ses oreilles quand il plonge pour lui éviter d'être gêné par l'eau.

Comment fait-il pour ne pas geler dans l'eau glacée ?

Il est capable de maintenir sa température en consommant plus de calories et en accélérant les battements de son cœur et la circulation de son sang. En plus, il a une fourrure très épaisse qui lui sert de manteau bien chaud.

INCROYABLE !

- L'ornithorynque passe son temps dans l'eau, mais la nuit il dort dans un tunnel creusé sous la berge.

Le paresseux

- *Le paresseux est un animal assez laid, recouvert d'une fourrure hirsute, avec une tête ronde et plate. Il vit en Amérique centrale et du Sud, dans la forêt tropicale. Il passe son temps suspendu aux branches des arbres et se déplace très lentement, ce qui lui a valu son nom. Il fait partie d'une famille très ancienne de mammifères : les édentés. Le paresseux dort 20 heures par jour.*
- *Le paresseux a des dents, mais elles n'ont pas de racines et ne sont pas couvertes d'émail, ce qui les rend très fragiles.*

Pourquoi le paresseux ne descend-il presque jamais à terre ?

Au sol, il est très maladroit. Ses pattes avant sont beaucoup plus longues que ses pattes arrière et ses membres sont trop frêles pour soutenir le poids de son corps. Pour avancer, il se traîne sur le ventre en faisant des mouvements de nageur. Lamentable ! Et si un prédateur surgit, il a vite fait d'être croqué.

Pourquoi a-t-il les poils verts ?

C'est que dans ses poils poussent de minuscules algues vertes qui lui donnent cette couleur. Cela lui permet de se dissimuler dans le feuillage et d'échapper à ses ennemis.

Comment fait-il pour se suspendre à l'envers dans les arbres ?

Il a au bout de ses pattes de longues griffes incurvées qui ressemblent à des crochets de cintre : grâce à elles, il reste suspendu la tête en bas sans effort et peut même s'endormir dans cette position.

Bébé se promène ainsi avec sa maman pendant 9 mois, jusqu'à ce qu'il sache se nourrir seul.

Comment s'occupe-t-il quand il ne dort pas ?

Il mâche des feuilles : cela lui prend beaucoup de temps car ses dents sont plates et incapables de mordre. Il se déplace en bougeant un seul membre à la fois. Puis il digère, ce qui peut lui demander jusqu'à 1 mois pour un seul repas !

Pourquoi descend-il de l'arbre alors que c'est tellement dangereux ?

Il descend une fois par semaine, quand il fait caca. Il ne veut pas laisser tomber ses crottes du haut des arbres comme le font les oiseaux car il a besoin de les enterrer pour ne pas se faire repérer par les jaguars. S'il se fait remarquer par les panthères qui grimpent aux arbres, il ne peut malheureusement pas leur échapper.

Pourquoi enterre-t-il ses crottes toujours au pied du même arbre ?

Les chercheurs pensent que c'est pour fertiliser l'arbre et assurer sa croissance. Les paresseux sont en effet des gourmands : ils aiment souvent le goût des feuilles d'un arbre en particulier et ils en prennent soin.

Comment se reproduit-il ?

Pas souvent, c'est le moins qu'on puisse dire. Le paresseux est solitaire et il n'a pas de saison des amours fixe : il se reproduit au hasard des rencontres, donc très rarement vu sa vitesse de déplacement ! La grossesse d'une "paresseuse" dure 1 an. La naissance a lieu en haut des arbres et le petit se suspend aussitôt au pelage de sa maman, qui lui sert de nid ambulant. Heureusement pour eux, les paresseux vivent très vieux.

INCROYABLE !

- Les griffes du paresseux mesurent 10 cm de long et pourtant c'est un animal complètement inoffensif.

Le fourmilier

- *Le fourmilier est un mammifère de la famille des édentés. Au contraire du paresseux, il n'a vraiment pas de dents, mais seulement un long museau en forme de trompe, terminé par une bouche minuscule.*

- *Il se nourrit de fourmis et de termites, et vit dans les savanes d'Amérique du Sud.*
- *C'est un bel animal au pelage gris, rayé d'une bande noire et blanche sur l'épaule.*
- *Il existe 4 espèces de fourmiliers ; la plus connue est celle du grand fourmilier ou tamanoir, qui mesure 2 m de long.*

Pourquoi le fourmilier est-il insensible aux piqûres de fourmis ?

Il n'est pas stupide : il choisit les fourmis les moins agressives. En plus, il a un estomac très musclé, rempli d'un peu de gravier et de sable, ce qui lui permet de broyer les carapaces coriaces des fourmis et de mieux les digérer.

Pourquoi ne détruit-il jamais une fourmilière en entier ?

Parce que, s'il agissait ainsi, il n'y aurait vite plus aucune fourmilière et il finirait par mourir de faim. Il préfère manger une centaine de fourmis dans chaque nid et y revenir quelques jours après. Les fourmis se reproduisent vite, elles seront bientôt remplacées et le fourmilier aura son déjeuner assuré.

L'odorat du fourmilier est 40 fois meilleur que celui de l'homme.

Comment dort-il ?

Comme un bébé. Il se couche sur le flanc et rabat sa queue touffue en éventail au-dessus de lui. Elle lui fait une couverture.

Comment se défend-il contre ses grands ennemis, les jaguars ?

Il n'a pas peur. Il se dresse sur ses pattes arrière, comme un ours, et fouette l'air devant lui avec ses énormes griffes. Malheur à celui qui s'approche !

Pourquoi le fourmilier a-t-il une démarche si chaloupée ?

Il ne peut pas marcher sur la plante des pieds, comme la plupart des mammifères, à cause de ses longues griffes qui ne se replient pas. Il est donc obligé de s'appuyer sur les bords extérieurs de ses pieds, en tournant ses griffes vers l'intérieur. Cela le fait onduler quand il avance. Ça ne veut pas dire qu'il est maladroit : il est très rapide et peut dépasser un homme à la course.

Comment capture-t-il les fourmis ?

Quand il a trouvé un nid de fourmis, il creuse un trou dans le monticule avec les griffes de ses pattes avant, très puissantes. Puis il projette sa longue langue en avant dans le trou, comme le caméléon. Elle est couverte d'une salive collante où adhèrent les petites fourmis.

Pourquoi le fourmilier a-t-il un si long museau ?

Il ne voit pas bien, ses yeux sont tout petits. Alors il se sert de son museau comme d'une trompe et renifle sans cesse l'air et le sol à la recherche de son mets d'élection, les fourmis. En fait, il ne sent pas la fourmi elle-même, car elle n'a pas d'odeur, mais la salive séchée qu'elle utilise pour construire son nid.

INCROYABLE !

• La langue du fourmilier peut faire jusqu'à 1 m de long. Elle balaie la galerie d'une fourmilière au rythme de 150 coups par minute.

La chauve-souris

- *C'est le seul mammifère capable de voler. Ses ailes, qui ressemblent à des mains, sont faites de peau.*
- *Avec ses pattes arrière griffues, elle s'accroche à l'envers aux parois des grottes où elle dort pendant la journée et souvent tout l'hiver.*

- *Les chauves-souris vivent dans le monde entier, sauf dans les régions polaires. Beaucoup sont insectivores : elles mangent des insectes, mais il y a des exceptions.*
- *Certaines mangent des poissons !*
- *Les mamelles des chauves-souris sont situées sous ses aisselles.*

Comment vivent les bébés chauves-souris ?

Dès la naissance, ils ont des dents de lait crochues avec lesquelles ils s'accrochent au pelage de leur mère. Les chauves-souris ont des grottes nurseries où elles s'organisent entre elles à tour de rôle pour garder les petits et aller chasser. Elles sont capables de reconnaître leur petit parmi des milliers d'autres rien qu'à la voix.

Comment la chauve-souris fait-elle pour manger en volant ?

Comme les oiseaux : elle ouvre le museau et l'insecte s'engouffre dedans. Parfois, elle rabat les ailes pour pousser les plus gros insectes directement dans son gosier. Certaines chauves-souris n'aiment pas les insectes et préfèrent les poissons : la chauve-souris pêcheuse a un nez en bec-de-lièvre. Elle a une queue en forme de rateau qui lui sert à râcler l'eau en ramenant les poissons vers les énormes griffes de ses pattes arrière.

Pourquoi a-t-on peur des chauves-souris ?

On a longtemps cru que les chauves-souris étaient des vampires qui suçaient le sang. En fait, il existe très peu de chauves-souris vampires et elles habitent toutes en Amérique du Sud. Elles sont minuscules et inoffensives : elles se contentent de faire une toute petite plaie sur la peau pour lécher un peu de sang. Elles s'attaquent surtout aux animaux, qui ne s'en rendent même pas compte.

Il existe 977 espèces de chauves-souris. Une chauve-souris mange 3 000 insectes par nuit en moyenne.

Comment se reposent les chauves-souris ?

Elles vivent dans des grottes mais certaines, qui habitent dans les forêts tropicales, préfèrent se cacher à l'intérieur des grandes feuilles des arbres dont elles découpent les bords pour qu'elles se replient.

Comment la chauve-souris fait-elle pour ne pas se cogner dans le noir ?

La plupart des chauve-souris voient mal. À l'inverse, elles ont de grandes oreilles et entendent très bien. Elles émettent par leur nez ridé des sons très faibles, qui rebondissent contre les obstacles et leur reviennent en écho : elles voient en écoutant.

Comment les chauves-souris font-elles pour chasser rien que grâce à leurs oreilles ?

Contrairement aux troncs d'arbre, au sol ou aux murs qui renvoient toujours le même écho, les insectes qui volètent produisent des échos variés. Et la chauve-souris a l'ouïe si fine qu'elle sait quand l'écho atteint d'abord son oreille gauche ou son oreille droite : cela la renseigne sur la direction du vol de l'insecte. C'est très précis.

INCROYABLE !

- On a trouvé un jour 40 millions de chauves-souris réunies dans la même grotte.

La taupe

- *La taupe est un petit mammifère discret, adapté à la vie sous terre. Elle a un corps trapu, des pattes armées de fortes griffes, un museau pointu, des yeux minuscules. Elle ne vit que dans les régions tempérées, là où la pluie rend le sol mou et lui permet de creuser ses galeries.*

- *C'est un insectivore : elle ne mange que des larves et des vers.*
- *Le réseau de galeries d'une taupe s'étend sur 10 m environ et compte plusieurs étages.*
- *La taupe mange entre 40 et 50 g de vers par jour.*

Comment la taupe creuse-t-elle ses tunnels ?

Avec ses puissantes pattes avant munies de griffes, en forme de bêche, et ses épaules musclées. Quand elle creuse, elle s'appuie sur son poitrail très large, où la peau est beaucoup plus épaisse qu'à n'importe quel autre endroit de son corps.

Comment s'oriente-t-elle dans l'obscurité ?

Ses yeux sont tout petits et parfois même recouverts de peau : elle est aveugle. Par contre, bien que ses oreilles soient invisibles, elle entend très bien. En plus, elle a un museau tout rose, sans poils, très sensible. La taupe à nez étoilé d'Amérique du Nord a même 22 tentacules qui lui poussent sur le museau pour mieux se diriger.

Comment fait-elle pour vivre dans le désert ?

Il existe une espèce de taupe vivant en Australie dans les déserts de sable. Elle ne fore pas de tunnels mais nage dans le sable, qui s'effondre derrière elle. Elle mange des insectes et de petits lézards. Pour respirer, elle utilise l'oxygène coincé entre les grains de sable.

Comment capture-t-elle ses proies ?

La taupe est très friande de vers de terre. À vrai dire, elle ne fait pas d'effort particulier pour chasser. Ses galeries lui servent de piège en même temps que de maison : les vers tombent dedans tout seuls. La taupe n'a plus qu'à les ramasser.

La taupe vit surtout dans les galeries souterraines où elle attrape les vers de terre.

Comment torture-t-elle les vers de terre ?

Elle ne les torture pas vraiment. Elle leur coupe la tête pour les empêcher de s'enfuir et les fait passer entre ses griffes pour les vider de tous les cailloux ou les grains de sable qui risqueraient ensuite de lui abîmer les dents. Car sans ses dents, la taupe meurt.

Pourquoi souffre-t-elle rarement de la faim ?

Parce qu'elle est maligne et, comme la fourmi, elle fait des réserves. Elle a un garde-manger, où elle stocke des vers de terre décapités : ils vivent toujours mais sont incapables de s'orienter et ne peuvent donc plus s'échapper. Elle va y puiser quand la chasse se fait maigre.

Pourquoi passe-t-elle sa vie à creuser ?

Faux ! Elle ne creuse pas en permanence. Un réseau de tunnels sert souvent de maison à une taupe pendant de multiples années et peut même abriter plusieurs générations de taupes à la suite.

Pourquoi est-elle si solitaire ?

Faux à nouveau ! Souvent, dans un jardin, certaines taupes qui s'entendent bien font communiquer leurs galeries. Elles se rendent des visites entre voisines. Cependant, il n'y a que les femelles qui soient si sociables. Les mâles, eux, sont très jaloux de leur territoire.

INCROYABLE !

• On a trouvé un jour un garde-manger de taupe contenant 1 300 vers de terre.

La musaraigne

- *La musaraigne est le plus petit mammifère du monde. Elle a un long nez pointu, des yeux minuscules, un pelage velouté. Elle est très active et s'est adaptée à toutes sortes de climats et de régions.*
- *Grâce à son odeur musquée, elle échappe aux chats qui ne veulent pas la manger.*
- *Elle forme la famille la plus répandue des insectivores. Il existe 250 espèces de musaraignes.*
- *Une musaraigne vit en moyenne 9 à 12 mois seulement.*
- *La plus petite des musaraignes pèse 2 g.*

Pourquoi la musaraigne est-elle agitée ?

Parce qu'elle cherche de quoi manger. Elle est si petite qu'elle se refroidit très vite et doit se nourrir sans cesse pour se réchauffer. Si elle n'avale rien pendant plus de 2 ou 3 heures, elle meurt.

Pourquoi les bébés musaraignes marchent-ils à la queue leu leu ?

Les petits quittent le nid à l'âge de 3 semaines, pour aller chasser. Comme ils voient très mal, ils suivent leur mère en marchant en file indienne et en saisissant chacun une touffe de poils sur la queue de celui qui le précède !

Comment meurent les petites musaraignes d'eau ?

Les musaraignes sont très inventives et elles se sont adaptées à toutes sortes de milieux. Une d'elles mange les petits crustacés au fond de l'eau et les grenouilles, qu'elle tue avec sa salive venimeuse. C'est la crossope. Elle a un pelage imperméable qui l'empêche de prendre froid dans l'eau. Mais quand l'eau est polluée, sa fourrure s'imbibe et sa mort survient très vite.

Comment la musaraigne-éléphant trace-t-elle des pistes dans la savane ?

Cette musaraigne très étrange a un museau en forme de trompe et vit en Afrique. Pour éviter de se faire piéger par les prédateurs, elle trace de longues pistes sur le sol d'où elle balaye toutes les feuilles et les cailloux. Comme ça elle peut courir sans risque de trébucher et échapper à son ennemi.

Comment les bébés musaraignes des arbres font-ils peur aux prédateurs ?

Ils poussent de grands cris en remuant les feuilles de leur nid, ce qui fait un bruit très désagréable et provoque la fuite de l'ennemi.
Ces petits ont un nid séparé de celui de leurs parents, ce qui est très rare chez les animaux.
Les musaraignes des arbres vivent en Indonésie et restent fidèles toute leur vie.

Pourquoi le mâle aime-t-il mordre les femelles ?

Les musaraignes ont des saisons des amours très courtes. Chez certaines, la femelle peut même ignorer complètement le mâle.
Celui-ci doit la mordre au cou à plusieurs reprises pour qu'elle devienne capable de faire des petits. Quand elle se sent prête, elle émet un petit pépiement très particulier : le mâle a réussi.

Comment la musaraigne repère-t-elle ses proies ?

Elle a de tout petits yeux et n'y voit pas vraiment. Son long museau lui permet de sentir ses proies, mais c'est surtout grâce à ses oreilles très fines qu'elle chasse, bien qu'elles soient dissimulées dans son pelage.

INCROYABLE !

● Une musaraigne mange chaque jour l'équivalent de son poids : c'est comme si un adulte mangeait 70 kg de viande !

Le hérisson

- *Le hérisson est un petit mammifère familier. En plus de son armure de piquants, il a la formidable capacité d'être insensible au venin : il défonce les nids de guêpes et tue les serpents, pour compléter ses menus d'insectes. Il vit la nuit et a des habitudes plutôt secrètes : on connaît encore peu de chose sur lui.*
- *Il existe 17 espèces de hérissons.*
- *Le bébé hérisson sait se mettre en boule dès son 11e jour.*
- *Il existe un hérisson sans piquants : le gymnure d'Asie.*

Pourquoi le hérisson est-il si piquant ?

Il est couvert de 5 000 épines longues de 2 à 3 cm. Ce sont en fait des poils qui se sont durcis. Chacune est remplie de petites poches d'air et a la forme d'un tube : c'est pour ça qu'elles sont si rigides.

Comment reconnaître le hérisson d'Asie ?

Le hérisson appelé gymnure est reconnaissable à son odeur. Comme le putois, il sent très mauvais. Il est plus gros que le petit hérisson de nos campagnes. Il vit dans les marécages et mange des poissons et des grenouilles. Malgré son air féroce, il est d'un naturel craintif. Évidemment, il a perdu ses piquants !

Pourquoi le hérisson se roule-t-il en boule ?

C'est en cas de très grand danger. Le hérisson n'a pas de piquants sur le ventre, mais seulement des gros poils et une peau épaisse. Pour protéger son ventre, il se roule en boule et peut tenir la position très longtemps grâce à un muscle spécial qu'il a dans le dos.

Maman hérisson peut donner naissance à 6 petits à la fois, qui naissent sans piquants.

Comment capturer un hérisson ?

Il faut profiter de son sommeil hivernal. Le hérisson se rapproche alors des maisons, où il fait plus chaud, et s'aménage un nid fixe qui va lui servir tout l'hiver. Il se cache souvent sous les grosses racines des arbres ou les tas de bois. Il colmate tous les trous avec plusieurs couches de feuilles pour éviter les courants d'air.

Pourquoi les hérissons écrasés sur les routes sont-ils des mâles ?

Parce que les femelles ont tendance à beaucoup moins se déplacer que les mâles. Elles ont un territoire fixe. Les mâles, eux, voyagent énormément, surtout au printemps, pour trouver une fiancée.

Comment fait-il quand il se sent attaqué ?

Il hérisse ses piquants : ceux-ci ne poussent pas droit sur son dos, mais en oblique. Ils se chevauchent et se soutiennent les uns les autres en une carapace très efficace.

Pourquoi le hérisson est-il si voyageur ?

Parce qu'il a besoin de beaucoup de nourriture et il ne peut pas se contenter de celle que lui offre un jardin. Il se déplace beaucoup et peut facilement faire 3 km en une nuit. Au matin, il fait son nid dans un fourré et le quitte le soir venu pour se chercher à manger, quel goulu !

INCROYABLE !

- Le hérisson de Madagascar est primitif. Il vivait il y a 150 millions d'années. Il fait des portées de 32 petits à la fois !

Le castor

- *Le castor est le plus gros rongeur d'Europe. Il a une grande queue plate, des pattes arrière palmées et une fourrure dense, 2 fois plus épaisse que celle de l'écureuil, pour laquelle il a longtemps été chassé. Il vit sur le bord des fleuves, où il construit de grands barrages, des huttes et des canaux.*

- *Un castor peut mesurer 1 m et peser 40 kg.*
- *Il est herbivore : il mange des herbes aquatiques et le bois d'arbres tendres, comme le saule, l'aulne ou le bouleau.*
- *Le castor vit en famille avec ses enfants âgés de plusieurs années.*

Pourquoi le castor a-t-il la queue plate ?

Cette queue, en partie couverte d'écailles, lui sert d'aviron pour mieux se diriger dans l'eau. C'est là aussi qu'il stocke ses réserves de graisse en prévision des durs mois d'hiver.

Comment reconnaître une hutte de castor ?

Toujours située à proximité d'un barrage, elle a la forme d'un cône. Elle est faite de branches entrecroisées, colmatées avec de la boue. Ne cherche pas l'entrée : elle est cachée sous l'eau. De là, une longue galerie mène jusqu'à une chambre ronde que le castor garnit d'une litière de copeaux de bois bien sec, qu'il change régulièrement.

Pourquoi les castors sont-ils très propres ?

Ils sont soigneux et font leur toilette plusieurs fois par jour. Ils ont une griffe spéciale sur la patte avant pour se gratter, et les doigts de leurs pattes arrière forment un peigne avec lequel ils lissent leur fourrure.

Le castor se construit un barrage afin que l'entrée de sa hutte soit toujours cachée dans l'eau.

Pourquoi le castor construit-il des barrages ?

Le castor vit dans une hutte sur la berge. Mais pour échapper à ses prédateurs, les ours et les lynx, qui ne savent pas nager, il faut que l'entrée de cette hutte soit située sous l'eau. Le castor construit donc un barrage pour retenir l'eau de la rivière, même pendant les mois d'été où elle risque de s'assécher.

Comment se déplacent les bébés castors ?

Quand ils sont tout petits, la maman les transporte, dressée sur ses pattes arrière, en les tenant dans ses bras, comme nous les humains.
Quand ils sont devenus plus grands, ils s'aventurent sur la berge mais, dès qu'ils sont fatigués, ils montent tous sur la queue plate de leur maman et se laissent tirer, comme sur un traîneau.

Pourquoi le castor aménage-t-il aussi des canaux ?

Pas fou, le castor. Pour transporter les gros rondins de bois qu'il découpe dans la forêt, il préfère les faire flotter sur l'eau, le long de canaux, que de les traîner lui-même jusqu'à son barrage.

Pourquoi taille-t-il les troncs d'arbres comme des crayons ?

Parce que s'il les taillait d'un seul côté, l'arbre craquerait d'un seul coup et pourrait lui tomber dessus. Tandis qu'en le rongeant comme un crayon, l'arbre reste debout jusqu'à la fin et le castor le fait tomber, d'une pichenette, du côté qu'il veut.

INCROYABLE !

- Les petits lacs créés par les castors tiennent des années, voire des siècles. Ils finissent par se transformer en pâturages.

Les souris

- *Les souris sont les plus communs des rongeurs. Grâce à leur taille menue et leur reproduction rapide, elles ont conquis le monde entier.*
- *Les rats, les mulots et les campagnols font partie de la même famille, apparue il y a 5 millions d'années, c'est-à-dire très récemment dans l'histoire du règne animal.*
- *Les hamsters, les loirs et les lemmings sont de proches cousins.*
- *Une souris pèse entre 10 et 35 g. La grossesse des souris dure entre 20 et 30 jours. La souris est omnivore : elle mange de tout, même des bouts de chandelle ou du carton.*

pourquoi le rat à crête fait-il peur aux serpents ?

Ce rat dodu vit en Afrique. Il a un beau pelage touffu qu'il déploie comme un éventail lorsqu'il est menacé. Des rayures claires apparaissent alors sur sa fourrure et, en même temps, le rat produit une très mauvaise odeur. Le serpent, effrayé, s'enfuit en sifflant.

pourquoi le hamster a-t-il toujours la bouche pleine ?

Le hamster a de grosses joues où il stocke des graines et des noix. On les appelle des abajoues. C'est pour ça qu'il ne faut pas lui donner trop à manger, même si on a l'impression qu'il a déjà tout avalé. Car sinon il peut mourir... d'obésité !

pourquoi dit-on "dormir comme un loir" ?

Le loir hiberne très longtemps, d'octobre à avril, mais surtout il dort très profondément. Il a besoin de plusieurs heures pour se réveiller et cela lui prend beaucoup d'énergie. L'hiver, il se réveille à chaque fois que la température se fait plus douce. Si cela se reproduit trop souvent, il meurt... d'épuisement !

pourquoi a-t-on surnommé le lérot "le bandit masqué" ?

À cause du bandeau de poil noir qui lui couvre l'œil, comme à un pirate. Le lérot est un petit rongeur, très répandu dans les campagnes. Les fermiers savent bien qu'il aime chaparder les pommes, et aussi les œufs dans les poulaillers.

comment font les gerbilles pour ne jamais boire ?

Les gerbilles sont de petites souris du désert qui ont la couleur du miel. Elles ne boivent jamais. Pour ne pas mourir de soif, elles dorment toute la journée dans un terrier profond creusé sous le sable. Elles font très peu pipi et leur caca est sec comme de petits cailloux.

pourquoi le rat-taupe a-t-il les lèvres qui se ferment derrière les dents ?

Ce rat à la peau nue, rose comme un bébé, est vraiment étrange. Il a de longues dents de devant qui lui servent à creuser les tunnels dans la terre aride du désert. Ses lèvres se ferment par derrière pour que la terre ne lui entre pas dans la bouche pendant qu'il creuse.

pourquoi les bébés lemmings se jettent-ils à l'eau sans savoir nager ?

Les lemmings sont des hamsters sauvages qui vivent dans les montagnes et se reproduisent très vite. Ils sont très agressifs et, tous les 3 ans, c'est la panique : les vieux lemmings chassent les nouveau-nés devenus trop nombreux. Les bébés dévalent les pentes des montagnes et vont tous se noyer dans les rivières qui les attendent dans la vallée.

INCROYABLE !

- Un hamster peut stocker 15 à 20 kg de graines dans son terrier.

Les rongeurs

- *Les rongeurs ont les dents de devant, celles qu'on appelle les incisives, qui poussent en continu. Pour les user et pouvoir fermer la gueule, ils doivent ronger des graines, d'où leur nom.*
- *Ce sont de petits animaux qui se reproduisent très vite. Ils sont répandus dans le monde entier.*
- *Les plus sauvages sont les écureuils, les marmottes et les porcs-épics. Il existe 2 000 espèces de rongeurs : représentant à eux seuls 45 % des mammifères.*
- *Les piquants du porc-épic font 50 cm de long.*

Comment la marmotte passe-t-elle l'hiver ?

En dormant. Mais contrairement à beaucoup d'animaux qui, même s'ils hibernent, se réveillent de temps en temps, la marmotte, elle, dort d'une seule traite pendant 7 à 8 mois. En septembre, elle prépare son terrier : un long tunnel, terminé par une chambre ronde et une petite pièce à côté qui lui sert de cabinets. En octobre, elle s'enferme. Les premiers jours, elle somnole, en se levant parfois pour faire ses besoins. Puis, pouf, plus personne. Quand elle se réveillera au mois de mai suivant, elle aura perdu un tiers de son poids.

Pourquoi les marmottes sifflent-elles ?

Les marmottes ont des guetteuses. Debout sur leurs pattes arrière, postées sur les rochers, elles sont chargées de prévenir leurs compagnes à l'approche d'un danger. Un sifflet = un aigle, urgence absolue. Deux sifflets = un renard, vite au terrier. Plein de sifflets = un homme.

pourquoi l'écureuil a-t-il une queue si touffue ?

Elle l'aide à se diriger dans les airs quand il saute d'arbre en arbre. Elle peut aussi lui tenir chaud ou, au contraire, lui faire de l'ombre : l'écureuil du Sahara s'en sert comme d'un parasol en l'étendant au-dessus de sa tête.

pourquoi cache-t-il des provisions partout ?

Il fait des réserves pour l'hiver. Mais ce qui est très drôle, c'est qu'il n'a aucune mémoire. Il oublie où il a caché son butin. La plupart des noix et des graines qu'il a enterrées donnent de beaux arbres quelques années plus tard. L'écureuil est le jardinier de nos forêts.

pourquoi se méfier d'un porc-épic qui recule ?

C'est qu'il est en train d'attaquer. Le porc-épic a de gros piquants qui se dressent vers l'arrière en cas de danger. Quand on l'agace, il émet un cliquètement avec sa queue pour dire : "attention, tu me chauffes les oreilles". Ensuite, il recule et te plante les épines dans la peau. Quand il est poursuivi, il court puis s'arrête d'un seul coup pour laisser son ennemi s'empaler sur ses piquants.

pourquoi les marmottes se font-elles des mamours ?

C'est leur manière de se dire bonjour. Les marmottes vivent en petits groupes mais, contrairement aux autres animaux, elles n'ont pas de chef. Ça ne les empêche pas de s'entendre très bien et de s'amuser en paix.

pourquoi le chien de prairie porte-t-il ce nom ?

Il ne siffle pas quand il a peur. Il aboit. Le chien de prairie est une grosse marmotte qui habite les plaines des États-Unis. Il vit lui aussi en petits groupes, qu'on appelle les "coteries".

INCROYABLE !

- Le plus gros des rongeurs est le capybara. Il vit dans les marais d'Amérique du Sud et pèse jusqu'à 66 kg.

Les lapins

- *Très proches des rongeurs, les lapins ont des dents qui grandissent tout le temps et qu'ils usent en les frottant les unes sur les autres. Leurs grandes oreilles, “ les cuillères ”, les aident à guetter le moindre bruit et leurs pattes arrière musclées à sauter et courir.*

- *Les lièvres, cousins des lapins, sont plus gros et encore plus rapides. Un lièvre poursuivi peut courir juqu'à 70 km/h. Le mâle lièvre s'appelle le bouquin et sa femelle, la hase.*
- *Une lapine peut faire 30 bébés par an.*

Pourquoi les lapins se frottent-ils les oreilles ?

Ils sécrètent par les oreilles une huile riche en vitamines. En faisant leur toilette, ils récoltent cette huile avec leurs pattes qu'ils portent ensuite à la bouche. Sans cette huile, les bébés lapins mourraient de sous-développement.

Comment distinguer un lièvre d'un lapin ?

Le lièvre a de plus grandes oreilles et surtout il ne vit pas du tout de la même façon. Les lapins creusent des terriers dans le sol où ils habitent en grandes colonies. Les lièvres sont solitaires et nichent juste dans un petit trou dans l'herbe, le gîte.

Un lapin.

Pourquoi dit-on “se terrer” comme un lapin ?

Devant le danger, le lapin ne s'enfuit pas comme le lièvre. Il va se réfugier dans son terrier. Celui-là peut être très long et compliqué. Plusieurs familles de lapins y vivent réunies. Une d'elles commande ; les autres lui obéissent et habitent dans les galeries les moins confortables du terrier.

Un lièvre.

pourquoi les lapins mangent-ils leurs excréments ?

Parce qu'ils digèrent en deux temps : une première fois dans l'estomac, une seconde fois dans l'intestin. Leurs petites boulettes de caca sont en fait des concentrés de bonnes vitamines. En les remâchant, ils deviennent plus fort et courent plus vite.

pourquoi les lièvres font-ils de tels bonds en courant ?

Quand ils prennent la fuite devant un chien ou un renard, les lièvres ne courent pas en ligne droite mais font toujours de grands crochets de gauche et de droite. Comme ils ont les yeux situés sur les côtés de la tête, c'est pour voir si on les poursuit encore, sans avoir besoin de se retourner.

pourquoi les lièvres aiment-ils la boxe ?

Les fameux “matchs de boxe” des lièvres au printemps ne sont pas, comme on croit, des bagarres entre mâles rivaux. Ce sont les femelles qui boxent les mâles ! Ça leur apprendra à bien se tenir.

pourquoi le lapin a-t-il la queue blanche ?

C'est un signal d'alarme. Quand il s'enfuit devant un chasseur, cette petite touffe de poils blancs bien visible prévient ses compagnons du danger. Les lapins se lancent aussi des messages en tapant des pieds sur le sol ou en grinçant des dents.

pourquoi ne faut-il pas toucher aux bébés lapins ?

Leur maman les reconnaît à leur odeur. Si tu les touches, la maman lapin croit que ce ne sont plus ses bébés et elle les mange tout cru !

INCROYABLE !

- Les lapereaux ont beau naître sans poils et aveugles, dès 3 mois et demi, ils peuvent à leur tour faire des petits.

Les bovins

- *Les bovins sont apparus il y a 60 millions d'années, lorsque la terre s'est couverte de prairies et de savanes où ils ont pu trouver de quoi brouter. Pour échapper à leurs prédateurs, les carnivores, ils ont préféré vivre en groupes et se sont munis de grandes cornes pointues.*
- *Ils ne mangent que de l'herbe et parfois l'écorce des arbres : ce sont des herbivores.*
- *Un troupeau de bœufs sauvages s'appelle une harde.*

Pourquoi la vache aime-t-elle le sel ?

Mets du sel dans ta main ; les vaches viendront volontiers te la lécher. Elles aiment aussi lécher les pierres. Elles récoltent ainsi des sels minéraux, qu'elles ne trouvent pas dans l'herbe qu'elles broutent, pour fabriquer leurs cornes, leurs poils et leurs sabots.

Pourquoi les buffles sont-ils toujours couverts d'oiseaux ?

Ces oiseaux s'appellent des "garde-bœufs". Ils ont remarqué que le buffle, quand il marchait dans les hautes herbes de la savane, débusquait plein de petits insectes. Quelle aubaine pour eux : ils n'ont qu'à ouvrir le bec et le dîner est servi.

Un buffle.

Comment est faite la corne du taureau ?

La corne des bovins est très différente de celle des cerfs. Elle est faite de corne, comme les ongles ou les sabots, et surtout elle est creuse. Elle est attachée au front de l'animal par un cône en os très solide.

pourquoi faut-il se méfier des buffles ?

Le buffle est myope et lâche. Quand quelqu'un s'approche de lui, il a tellement peur qu'il fonce dessus sans réfléchir. Quand il est blessé, il se cache dans un buisson et attend qu'on s'avance pour sortir brusquement et charger. Certains touristes se font attaquer par les buffles dans les réserves naturelles.

pourquoi le bœuf musqué n'a-t-il pas peur du loup ?

Le bœuf musqué vit dans les plaines glacées du Groenland. Quand il est attaqué, le troupeau se rassemble et se met en cercle. Les femelles et les bébés sont placés au centre. Les mâles occupent le pourtour et baissent la tête en montrant leurs fortes cornes. Le loup qui s'approcherait se ferait empaler sans pitié.

comment faire la différence entre un bœuf et un taureau ?

Le bœuf est un taureau auquel on a enlevé, alors qu'il était tout petit veau, ses organes génitaux. Ainsi, quand il grandit, au lieu d'utiliser son énergie pour la reproduction et les combats, il la consacre à fabriquer de la bonne viande.

pourquoi les vaches sont-elles toujours en train de mâcher ?

Pas toujours justement. La vache, comme tous les bovidés, avale d'abord l'herbe d'un coup, sans la mâcher. Puis elle se met dans un coin, bien tranquille, et là elle fait remonter de son estomac des boulettes d'herbe qu'elle mâchonne longuement. On dit qu'elle rumine. C'est une habitude qu'elle a prise au temps où elle était menacée par les bêtes sauvages, pour ne pas rester exposée au beau milieu des prairies.

INCROYABLE !

- En 1800, il existait 60 millions de bisons aux États-Unis. En 1890, il n'en restait plus que 835 : les hommes les avaient tous tués.

Les cervidés

- *Les cervidés sont caractérisés par leurs cornes compliquées, faites d'os, qui tombent et repoussent chaque année. On les appelle des bois. Seuls les mâles en portent, sauf chez le renne. Les cervidés vivent dans la forêt où ils mangent des baies et des glands.*
- *L'élan, ou orignal, est le plus gros des cervidés. Il aime l'eau des marécages.*
- *Le renne, ou caribou, lui, préfère la toundra glacée.*
- *Les bois d'un cerf peuvent peser jusqu'à 10 kg. Le brame est le grognement poussé par le cerf en période de reproduction.*

pourquoi l'élan a-t-il des bois qui ressemblent à des palmes ?

Ses bois forment une énorme palette, appelée l'empaumure, terminée par de gros crochets pointus. Ce sont les plus grands bois des cervidés. Ils lui servent à déchirer la peau, percer le ventre ou arracher les yeux de ses adversaires.

pourquoi le renne court-il en baissant la tête ?

Il habite les plaines glacées de la toundra où le sol est nu et sans obstacle. Il n'a donc pas besoin de regarder devant lui et, pour aller plus vite, il baisse la tête.

pourquoi les bois des cerfs sont-ils si doux ?

Les bois sont couverts d'une peau soyeuse, qu'on appelle le velours, qui les aide à pousser en leur apportant du sang riche en énergie. Quand ils ont terminé leur croissance, à la fin de l'été, la peau se déchire en lambeaux et tombe, laissant l'os à nu.

Un élan.

Comment la biche protège-t-elle son petit ?

Après une semaine de vie, le faon commence à trotter derrière sa mère. Mais il n'est pas rapide. Quand ils se font poursuivre par un prédateur, la biche, au lieu de fuir, fait face et frappe l'ennemi à la tête avec sa patte avant d'un terrible coup de sabot.

Comment le faon passe-t-il inaperçu dans la forêt ?

Grâce à son pelage tacheté de blanc, qui imite les taches que font les rayons de soleil à travers les buissons. Et aussi parce qu'il n'a pas d'odeur !

Pourquoi les bois tombent-ils et repoussent-ils chaque année ?

Les bois sont faits pour impressionner les femelles et battre les mâles rivaux. Quand la période de reproduction est finie, vers le milieu de l'automne, les bois tombent car ils gênent le cerf en se coinçant dans les branches des arbres de la forêt. Ils se mettent à repousser au printemps suivant.

Pourquoi l'élan ne court-il jamais au galop ?

Il préfère trotter. Il peut ainsi franchir toutes sortes d'obstacles sans jamais ralentir. Résultat : il va très vite et distance sans peine ses poursuivants, l'ours ou le loup, qui galopent et sont obligés de freiner brusquement devant les rochers ou les troncs d'arbres.

Comment connaître l'âge d'un cerf ?

En comptant le nombre de ramifications que possèdent ses bois. Ces ramures s'appellent des andouillers. Plus il en a, plus il est vieux.

INCROYABLE !

- L'élan est le plus gros des cervidés : il pèse jusqu'à 500 kg. Malgré son poids, c'est un excellent nageur.

Les caprins

- *Les moutons, les chèvres, les chamois et les bouquetins sont des caprins.*
- *Ce sont des animaux très agiles qui se plaisent sur les pentes rocailleuses des montagnes.*
- *Les moutons ont une épaisse toison soyeuse. Le mâle s'appelle un bélier, la femelle, une brebis, le petit, un agneau.*
- *Les chèvres ont le poil plus dru et de fines cornes recourbées vers l'arrière. Le mâle s'appelle un bouc, la femelle, une chèvre, le petit, un chevreau. Tous sont des herbivores.*
- *Le bouquetin est le plus gros des caprins : il mesure 1,50 m et pèse 125 kg.*
- *Ils vivent une dizaine d'années.*

pourquoi les béliers ont-ils la tête si dure ?

Les béliers ont donné leur nom à une arme du Moyen Âge, faite pour enfoncer les portes des forteresses. Ils ont des os énormes dans le crâne et très résistants. Sans cela, ils se fracasseraient la tête lorsqu'ils combattent, en entrechoquant violemment leurs cornes.

comment le bouquetin se déplace-t-il ?

Par grands sauts. C'est le roi de la montagne : il peut non seulement sauter de rocher en rocher, mais il est aussi capable de descendre un précipice à pic en rebondissant de paroi en paroi.

pourquoi les chèvres sont-elles élevées dans les pays du Sud ?

Contrairement aux vaches, les chèvres n'ont pas besoin de prairies bien grasses pour se nourrir. Elles se contentent de cueillir les petites pousses entre les rochers et peuvent même manger des branchettes de bois en grimpant aux arbres. Elles sont très frugales.

Les chèvres des Rocheuses, des montagnes situées en Amérique du Nord, ont un superbe pelage très épais.

Pourquoi les bouquetins ont-ils presque tous été tués ?

Ils ont dans leur ventre une sorte de pierre, faite de poils et de cailloux agglomérés, le bézoard, qui leur sert à broyer la nourriture. Autrefois, on pensait que c'était un médicament et que les intestins du bouquetin étaient bons pour la santé : c'est pour ça qu'on les a chassés en masse.

Pourquoi crânent-ils sur les rochers ?

Très agile, le bouquetin grimpe plus haut que le renard ou l'ours qui tente de le poursuivre. Il les regarde ensuite fièrement du haut de son promontoire. Il est alors très exposé à l'homme et à son fusil. C'est pour ça aussi qu'il s'est fait tuer si facilement.

Comment les mamans bouquetins veillent-elles sur leurs petits ?

Elles les calent bien à l'abri entre leurs deux pattes avant et menacent de leurs cornes les aigles et les renards qui osent s'approcher.

Pourquoi les caprins ont-ils des cornes recourbées ?

À part le mouton, tous les caprins ont des cornes tournées vers l'arrière, et non pointées en avant comme les bovins. C'est parce qu'ils s'en servent différemment. Ils n'essayent pas de percer le flanc de leur adversaire, mais plutôt de l'assommer.

INCROYABLE !

- Le bouquetin a de gigantesques cornes en arc de cercle. L'espace qui sépare le bout des deux cornes peut mesurer 1 m.

Les antilopes

- *Les antilopes habitent les plaines arides d'Afrique. Ce sont des coureuses aux jambes fines, aux cornes effilées et à la belle robe couleur de miel. Le soleil, en se reflétant dessus, leur permet de passer inaperçues dans la savane.*

Elles ont en effet des ennemis redoutables : le lion, le guépard et la hyène. Pour se défendre, elles vivent en grands troupeaux.

- *Les bébés antilopes savent marcher quelques minutes après leur naissance.*
- *Les gazelles mâles ont des harems de 10 à 20 femelles.*

Pourquoi les antilopes ne se sauvent-elles pas devant une hyène ?

Parce que devant les hyènes, elles se met à faire de grands bonds, pieds joints et pattes raides, ce qui lui fait perdre beaucoup de temps.
En fait, c'est pour montrer sa vigueur : les hyènes ne sont pas de très bonnes coureuses. Lorsqu'elles voient une gazelle sauter bien haut, elles se disent qu'elle est très en forme et ça les décourage.

Pourquoi mettent-elles toujours bas à midi ?

C'est l'heure où le soleil est le plus chaud et où les prédateurs font la sieste. Ainsi, le bébé antilope a plus de temps pour apprendre à bien se tenir sur ses pattes.

Pourquoi le gnou est-il surnommé "le clown des prairies" ?

À cause de la grande bande noire qui lui raye le museau, et puis aussi de son allure un peu ridicule : il se déplace en poussant de gros grognements et en reniflant l'herbe en permanence. Ou alors il broute et se met soudain à faire des bonds. Il est tout fou !

Les femelles impalas ne portent pas de superbes cornes comme les mâles.

Pourquoi les impalas sont-ils les amis des babouins ?

Parce qu'ils ont les mêmes ennemis, les lions et les léopards. Les familles de babouins se mêlent donc souvent aux troupeaux d'antilopes. Chacun monte la garde à tour de rôle. Dès que le prédateur est repéré, les babouins grimpent à un arbre et les antilopes s'enfuient.

Pourquoi les antilopes ont-elles de petites cornes torsadées ?

Porter de grandes cornes comme le cerf serait dangereux pour des animaux qui vivent en groupes : elles risqueraient de se blesser et le sang versé attirerait les prédateurs. Avec de petites cornes courbes, elles peuvent combattre tête contre tête sans se faire mal.

Comment se défient les gnous ?

Ils s'agenouillent sur leurs pattes avant pour se frapper la tête et poussent des cris très bizarres, un mélange de coassement de grenouille, de rugissement de lion et de grognement de cochon.

Pourquoi les antilopes ont-elles une fourrure blanche sous la queue ?

Elles la déploient en levant la queue quand un félin s'approche, pour dire à leurs copines : “suivez-moi, danger”. Cela leur permet d'être les premières dans la troupe en fuite et de ne pas risquer de se faire rattraper par le félin, qui s'attaque toujours aux gazelles qui sont à la traîne.

INCROYABLE !

- Un troupeau de gnous peut compter plus de 1 million de têtes.

Les chameaux

- *Les chameaux vivent dans les déserts chauds ou froids d'Afrique et d'Asie.*
- *Ils mangent des plantes épineuses et peuvent marcher 17 jours d'affilée, sans boire. Mais quand ils boivent, ils absorbent 130 l d'eau à la fois !*

- *Le lama est aussi un chameau, mais il n'a pas de bosse.*
- *La vigogne est le plus petit des chameaux. Elle ne pèse que 50 kg et produit la laine la plus douce du monde.*
- *Il existe aujourd'hui 15 millions de chameaux et 25 000 dromadaires sur terre .*

pourquoi faut-il éviter de taper sur les nerfs du lama ?

Il te crache à la figure quand il est énervé. S'il n'a pas assez de salive dans la bouche, il fait remonter le contenu de son estomac : une véritable puanteur !

comment distinguer le chameau du dromadaire ?

Le chameau a 2 bosses, le dromadaire n'en a qu'une. Le chameau vient d'Asie et il résiste bien au froid. Le dromadaire, lui, est originaire d'Arabie et supporte la chaleur. Tous les dromadaires sont aujourd'hui apprivoisés. Pour les chameaux, le seul à être resté sauvage est le grand chameau de Bactriane (550 kg), aux longs poils, qui vit dans le désert de Gobi.

pourquoi les chameaux n'ont-ils pas soif dans le désert ?

Parce qu'ils savent très bien stocker leur eau. Voici leurs trucs : ils ne transpirent pas, et ne font pas pipi pendant la journée, mais seulement la nuit, et ils ont un nez spécial, aux trous étroits mais aux narines larges, pour retenir l'humidité.

Il ne reste plus qu'un millier de chameaux sauvages dans le désert de Gobi, en Asie.

Pourquoi ont-ils une ou 2 bosses ?

Elles ne sont pas remplies d'eau, comme on le croit souvent, mais de graisse. Ils l'utilisent pour garder leur énergie quand ils marchent dans le désert : les bosses deviennent alors toutes molles. Elles leur servent aussi de parasol car elles protègent leur cœur et leurs poumons des rayons du soleil.

Comment le chameau peut-il sauver la vie à un bédouin ?

Quand il meurt de soif, le bédouin perce un trou avec une paille dans le ventre du chameau et boit. Il rebouche ensuite le trou avec du foin. Le chameau n'a rien senti.

Pourquoi le dromadaire ne s'enfonce-t-il pas dans le sable ?

Parce qu'il a des pieds larges et plats qui l'empêchent de s'enfoncer dans le sable.

Comment se comporte un chameau en colère ?

Il grince des dents et, surtout, il bave... Quand quelque chose l'ennuie, il produit tellement de salive qu'on dirait qu'il écume de rage !

Pourquoi le secret du chameau est-il dans son sang ?

Le sang de la plupart des animaux et des hommes est fait de globules rouges ronds. Ceux du chameau sont de forme ovale, plus petits et plus nombreux : ainsi, quand l'eau diminue dans le corps du chameau, son sang reste fluide et continue de circuler.

INCROYABLE !

- Dans les pays arabes, on organise des courses de chameaux avec des enfants de 8 à 12 ans.

La girafe

- *Le mot girafe vient de l'arabe " zarafan ", qui signifie fin, élégant. Avec son long cou, ses pattes élancées, la girafe est un animal gracieux de 5 m de haut et qui pèse, pour le mâle, plus d'une tonne. Elle habite la savane où elle cueille feuilles et fruits au sommet des arbres. Pacifique et douce, elle préfère vivre en petit groupe.*
- *Une girafe peut vivre jusqu'à 30 ans environ.*
- *Elle passe 12 h par jour à se nourrir.*
- *Un bébé girafe pèse 40 kg à la naissance.*

Comment est fait son cou ?

Elle a 7 vertèbres, autant que nous ! Mais elles sont 20 fois plus grandes. Elles mesurent 30,5 cm alors que les nôtres font 2,5 cm. La girafe serait la descendante d'une race préhistorique de géants. Sa grande taille lui permet de manger les feuilles les plus hautes des arbres.

Comment les girafes se battent-elles ?

Les mâles se battent en se plaçant côte à côte et en se donnant de grands coups de cou et de tête. Toutes les girafes ont deux petites cornes au sommet du crâne, mais les mâles ont parfois aussi des bosses supplémentaires qu'ils entrechoquent pendant leurs combats. Ils ne se font pas bien mal car la peau de la girafe est très épaisse et les os de son crâne durs comme un casque.

Pourquoi la girafe reste-t-elle toujours en plein soleil ?

À midi, la girafe continue de se nourrir dans la plaine ardente alors que les autres animaux se réfugient à l'ombre des arbres pour faire la sieste. Elle supporte très bien le soleil car elle élimine la chaleur par son long cou et ses pattes.

pourquoi n'aime-t-elle pas baisser la tête ?

Elle a une toute petite tête et un très long cou. Quand elle se baisse, le sang afflue dans sa tête, ce qui est très désagréable. Sa tête exploserait malgré son mécanisme spécial dans le cou pour boucher en partie ses veines et un cerveau comme une éponge qui peut contenir beaucoup de sang.

pourquoi a-t-elle de si grosses lèvres ?

Une girafe qui mâche est assez comique, elle remue ses lèvres dans tous les sens. En fait, elle rumine comme les vaches et l'on voit souvent des boules de nourriture monter et descendre le long de son cou. Elle raffole des feuilles d'acacia pleines de piquants mais ne souffre pas trop grâce à ses grosses lèvres.

pourquoi le bébé girafe doit-il avoir les reins solides ?

La girafe met bas debout. En naissant, le girafeau fait une chute de 2 m ! Il doit tout de suite se mettre debout pour pouvoir atteindre les mamelles de sa mère. À la naissance, il mesure 1,80 m, autant qu'un grand homme adulte.

pourquoi est-elle si gracieuse ?

Parce qu'elle avance les deux pattes gauches à la fois, puis les deux pattes droites – les autres animaux marchent en diagonale, la patte avant droite avec la patte arrière gauche et vice-versa. Si elle marchait comme eux, ses pattes, si grandes, se cogneraient.

comment l'okapi se sert-il de sa langue ?

L'okapi est une petite girafe qui vit dans la forêt. Il a une longue langue noire de 35 cm de long, rugueuse comme une peau de chamois. Il s'en sert pour se frotter les yeux et se gratter les oreilles.

INCROYABLE !

- Une girafe peut tuer un lion d'un coup de sabot.
- La langue de la girafe mesure 55 cm environ.

Les équidés

- *Les équidés sont apparus il y a 20 millions d'années, en Amérique du Nord. Ils avaient alors la taille d'un lièvre. Pour se protéger des loups, ils ont peu à peu grandi et leurs pieds se sont transformés en sabots, ce qui leur permet de courir très vite sur des sols durs. L'âne est un cheval qui s'est adapté aux régions arides, le zèbre aux savanes d'Afrique.*

- *Le cheval est le plus grand des équidés.*
- *L'ancêtre de tous les équidés est le petit cheval de Prjevalski. C'est lui qui est représenté sur les parois des grottes préhistoriques.*

Pourquoi les poneys sont-ils petits ?

Il y a très longtemps, des chevaux mongols, plutôt que d'aller vers le sud, en Arabie, partirent vers l'ouest. Ils marchèrent jusqu'en Grande-Bretagne, qui à cette époque n'était pas encore une île. Mais bientôt l'eau vint entourer le pays : les chevaux se retrouvèrent coincés et durent se reproduire entre eux. Résultat : ils devinrent plus petits... mais aussi plus gentils.

Comment deviner l'humeur d'un cheval ?

À la position de ses oreilles. Toutes droites, il est attentif. Penchées vers l'avant, il est un peu agacé. Inclinées vers l'arrière, il prépare un mauvais coup.

Pourquoi voit-on souvent des zèbres en compagnie d'antilopes ?

Ensemble, ils repèrent bien mieux les prédateurs. Le zèbre donne le signal d'alarme en poussant un “hi han” bien reconnaissable : il ahane comme l'âne.

Zèbre et son petit.

Pourquoi le pur-sang arabe est-il le plus beau des chevaux ?

Il y a très longtemps, tous les chevaux habitaient les riches plaines de Mongolie. Mais un jour, les chevaux furent si nombreux qu'il n'y eut plus assez d'herbe pour les nourrir. Certains entamèrent un long voyage qui les mena en Arabie. Là, l'herbe n'était pas trop grasse : les chevaux devinrent plus grands et plus minces. Il y avait des loups qui les obligèrent à courir plus vite. Ainsi naquirent les magnifiques étalons arabes.

Pourquoi les chevaux mâles ne sont-ils pas plus grands que les femelles ?

C'est étonnant car, chez la plupart des animaux, les mâles sont plus grands et plus forts que les femelles. Mais les chevaux se battent en se mordant les jambes. Chez eux, ce qui compte, c'est l'agilité et non la force.

Pourquoi le cheval s'emballe-t-il ?

Parce qu'il a la vue très basse. Il prend facilement peur quand quelque chose bouge brusquement à côté de lui et alors, il devient incontrôlable. C'est aussi pour ça que l'on met des œillères aux chevaux de course.

Pourquoi le zèbre a-t-il des rayures ?

En Afrique, l'air est tellement chaud qu'il tremble. Quand tu regardes devant toi, tu vois les choses onduler. Les rayures du zèbre imitent ces ondulations. C'est une tenue de camouflage.

Pourquoi les chevaux et les zèbres se battent-ils assis ?

Pour éviter de se faire mordre les jambes. Ils replient les pattes au-dessous d'eux et continuent à se défier en retroussant les lèvres. Si ça ne suffit pas, ils se relèvent et se déchaînent en se donnant des coups de sabots et de dents.

INCROYABLE !

- Il ne reste plus aujourd'hui que 1 000 chevaux de Prjevalski sur terre. Ils vivent tous en captivité.

Le rhinocéros

- *Le rhinocéros est le plus gros mammifère terrestre après l'éléphant. Il a une peau très dure et une ou deux cornes faites de poils rigides entremêlés.*
- *C'est un animal pacifique et plutôt solitaire. Il a été beaucoup chassé par l'homme à cause de ses cornes qui servent de médicament en Asie et qui valent plus cher que l'or.*
- *Le rhinocéros blanc mesure 4 m de long et pèse 2,3 t.*
- *Le petit du rhinocéros s'appelle le veau.*
- *La corne du rhinocéros repousse quand on la coupe.*

Comment distinguer le rhinocéros d'Asie de celui d'Afrique ?

Le rhinocéros d'Asie n'a qu'une corne, mais sa peau est si épaisse qu'elle fait des plis et ressemble à une armure de chevalier.

Pourquoi ne bouge-t-il presque pas quand il se bagarre ?

En fait, il ne se bagarre pas vraiment. Quand deux rhinocéros voisins se rencontrent aux limites de leur territoire, ils se frottent les cornes et s'agenouillent : c'est une manière de se dire bonjour et de montrer leur présence. Ils ne veulent pas se faire de mal.

Comment séduit-il sa femelle ?

Il ne lui fait pas une cour très romantique : il lui interdit tout simplement de quitter son territoire en faisant barrière de son énorme corps. Et ça marche ! L'accouplement de deux rhinocéros peut durer jusqu'à une heure, ce qui est un record pour des animaux.

Pourquoi se sert-il de ses cornes ?

Parfois pour se battre, mais ce n'est pas un animal agressif. Il s'en sert surtout pour déplacer les branches, creuser le sol à la recherche de racines et enlever l'écorce des arbres.

Pourquoi y a-t-il des oiseaux sur le dos des rhinocéros ?

Ce sont des “ pique-bœufs ”, des oiseaux colorés au bec orangé. Ils nettoient la peau de l'animal, le débarrassent de toutes ses tiques et de ses parasites. Certains se sont installés à demeure sur le rhinocéros : ils y dorment, y font la cour et ont de longues griffes pour s'accrocher à la bête quand elle pique un petit trot.

Pourquoi met-il son crottin partout ?

Il a un territoire très précis qu'il prend grand soin de délimiter. Dès qu'un autre rhinocéros pénètre dans son territoire, il recouvre ses traces avec son crottin pour bien montrer que c'est lui le maître.

Comment distinguer le rhinocéros blanc du rhinocéros noir ?

Pas à la couleur ! Ils sont tous les deux gris. Le blanc a une longue tête et de grosses lèvres carrées, qui lui permettent de brouter l'herbe rase de la savane ; c'est le plus gros des rhinocéros mais aussi le plus gentil.
Le noir a une bouche en bec avec laquelle il arrache les feuilles des branches basses des arbres. Tous deux vivent en Afrique.

INCROYABLE !

- En 1970, vivaient 60 000 rhinocéros noirs dans le monde : il en reste maintenant 3 500. L'homme les a tués pour récupérer leurs cornes.

Les porcins

- *Le cochon est un de nos animaux domestiques les plus familiers. Il est pourtant originaire d'Extrême-Orient et il s'est multiplié en Afrique, où on le trouve encore sous forme de phacochère, avant de gagner l'Europe.*
- *Le sanglier est l'ancêtre sauvage du cochon.*

- *Les cochons sont omnivores, ils mangent de tout : fruits, glands, racines, insectes et petits animaux. Les fermiers le disent : la grossesse d'une truie, la femelle du cochon dure 3 mois, 3 semaines et 3 jours.*
- *Le sanglier mâle s'appelle le verrat, la femelle la laie, le petit le marcassin.*

Pourquoi abat-on toujours un sanglier en visant le front ?

Le sanglier a sur les épaules et les flancs une peau épaisse comme du cuir. Les chasseurs lui tirent toujours entre les deux yeux : c'est la seule manière de le tuer sur le coup et de ne pas se faire charger...

Pourquoi la viande de cochon a-t-elle mauvaise réputation ?

Quand on ne la cuit pas assez, la viande de porc – le porc est le nom du cochon mort – peut être toxique. C'est pour ça que dans certaines cultures, le cochon est réputé être une bête malsaine. Le cochon est pourtant le seul animal à pouvoir manger des aliments pourris sans tomber malade : il nous a sauvés de bien des famines au Moyen Âge.

Comment sont formées les défenses du sanglier ?

Le sanglier a de courtes défenses qui regardent vers le haut. Ce sont ses canines du bas qui poussent en permanence et qu'il aiguise sur ses canines du haut. Elles deviennent ainsi de plus en plus tranchantes et pointues.

Pourquoi dit-on "gourmand comme un cochon" ?

Parce que les cochons sont vraiment gourmands ! Ils ont le goût très développé et sont capables de choisir entre deux pommes de terre celle qui est la meilleure. Ils raffolent du maïs et aussi des châtaignes, qu'ils préfèrent d'ailleurs éplucher avec leurs dents.

Le sanglier mange des plantes mais aussi des larves d'insectes, des grenouilles et des souris.

Comment les laies attirent-elles les sangliers mâles ?

Quand vient la période de reproduction, en décembre, les laies se mettent à baver sur les troncs d'arbres et à pleurer. Dans leurs larmes et leur salive, existe un produit qui déclenche le rut chez les verrats.

Pourquoi les cochons sont-ils sales ?

C'est une idée fausse ! Les cochons sont très propres. Ils ont même un coin pour leurs besoins. On les trouve sales parce qu'ils aiment se rouler dans des trous d'eau boueuse, des souilles, pour se rafraîchir. Ils ne savent pas transpirer.

Pourquoi les petits marcassins naissent-ils rayés ?

Leur pelage tout doux porte des rayures jaunes et brunes. Elles imitent le soleil qui brille à travers les branches et projette sur le sol des filets de lumière et d'ombre.

Pourquoi le sanglier a-t-il une truffe en forme de cône ?

C'est pour mieux fuir, en écartant les branches des buissons de la forêt lorsqu'il est poursuivi par les chiens.

INCROYABLE !

- Le sanglier et le cochon ont la vue très basse : ils ne voient pas au-delà de 1,50 m. En plus, ils voient tout en noir et blanc.

L'hippopotame

- L'hippopotame est un cousin du porc qui vit en Afrique. Il passe une grande partie de son temps dans l'eau des rivières, des marais ou des lacs, au milieu d'un grand troupeau dominé par un mâle.
- Malgré son poids, c'est un animal rapide et assez agressif, dont la mâchoire révèle d'énormes dents en forme de cylindre.
- Un hippopotame pèse en moyenne 2,5 t. Il peut vivre jusqu'à 45 ans.
- L'hippopotame mâle s'appelle le taureau.

Pourquoi passe-t-il sa vie dans l'eau ?

Il a une peau de cochon, sans poil, très sensible au soleil, qui se dessèche rapidement. Il reste donc sous l'eau pendant la journée. Si quelque chose l'oblige à sortir, il sécrète une sorte de sueur visqueuse de couleur rougeâtre, qui le protège contre les rayons du soleil.

Comment les mâles font-ils la cour à leur femelle ?

Avec beaucoup de galanterie. Les femelles se tiennent en cercle sur le rivage. Pour pénétrer dans le cercle, le mâle doit se tenir couché et ramper. Une fois au centre, il échange avec sa favorite des œillades enamourées mais ne doit en aucun cas se relever.

Les dents de la mâchoire inférieure peuvent mesurer jusqu'à 50 cm, ce sont des armes redoutables en cas de combat.

Pourquoi bâille-t-il ?

Ce n'est pas qu'il s'ennuie ou qu'il est fatigué, mais plutôt que quelque chose l'énerve : il veut ainsi exhiber ses puissantes canines, capables de déchirer des lambeaux entiers d'adversaire !

Pourquoi l'hippopotame est-il craint en Afrique ?

Les hippopotames sont les animaux d'Afrique les plus meurtriers : plus que les lions, plus que les crocodiles. Ils renversent les pirogues en soulevant le dos et les gens se noient.

Comment mange-t-il s'il est toujours dans l'eau ?

Il sort de l'eau la nuit, à la fraîche, pour brouter. Il a un territoire en forme de poire, qui débouche sur l'eau par une entrée étroite et va en s'élargissant. Au bout est située sa prairie. Il s'y rend par un petit sentier qu'il marque avec son crottin. Il n'aime pas qu'un étranger s'aventure sur son sentier ou vienne brouter sur ses plates-bandes.

Pourquoi a-t-il des yeux et des oreilles si menus ?

Ses oreilles minuscules, ses yeux, petits mais exorbités pour prendre moins de place possibles sont situés tout en haut de son crâne. Ainsi, il peut continuer à entendre, et voir, tout en ayant le mufle dans l'eau.

Pourquoi fait-il tourner sa queue comme une hélice ?

Pour défendre son territoire. Si un rival s'approche de son petit enclos d'herbe, il lui tourne le dos en lui montrant son derrière et en faisant tourner sa queue très vite, ce qui signifie : "Va voir ailleurs si j'y suis".

Pourquoi ne voit-on jamais naître les bébés hippopotames ?

Parce qu'ils naissent sous l'eau et qu'aussitôt ils se mettent à téter, en retenant leur respiration !

INCROYABLE !

- Les plus gros hippopotames mâles peuvent peser jusqu'à 4 t !

L'éléphant

- *L'éléphant descend du mammouth de la préhistoire. C'est le plus grand mammifère terrestre. Il vit en troupeau, conduit par la femelle la plus âgée.*
- *Les défenses en ivoire de l'éléphant sont creuses et sensibles au toucher.*

- *Sa trompe, qui lui sert de bras, est très habile. On distingue l'éléphant d'Asie, plus petit, qui a été domestiqué, du grand éléphant d'Afrique, toujours sauvage.*
- *L'éléphant mâle mesure plus de 7 m et pèse 6 t.*

  Il mange 200 kg de nourriture par jour et boit environ 150 l d'eau.

Comment arrive-t-il qu'un éléphant s'énerve d'un seul coup ?

Il existe une période durant laquelle l'éléphant est complètement incontrôlable : on l'appelle "le musth", ce qui signifie "ivre" en hindi, la langue des Indiens.
Un éléphant en musth peut facilement attaquer son gardien. Pendant le musth, un liquide suinte sur les tempes de l'animal.

Pourquoi l'éléphant bat-il si souvent des oreilles ?

C'est pour s'éventer. Sa peau, qui est très épaisse sur son dos, est fine comme du papier à l'intérieur de ses oreilles. Des centaines de petits vaisseaux sanguins y font affluer le sang. En battant des oreilles, il réussit à refroidir tout son corps les jours de grande chaleur.

Comment meurt un éléphant ?

Il meurt de ne plus pouvoir manger, car il n'a plus de dents. À part ses 2 défenses, qui n'arrêtent pas de grandir, l'éléphant ne possède que 4 molaires qu'il remplace 6 fois au cours de sa vie. Mais elles s'usent vite, à mâcher l'écorce des arbres. Les dents neuves de l'éléphant ne poussent pas à la place des dents de lait, mais à côté. Les nouvelles dents poussent en avant des anciennes, qui finissent par se désintégrer. Un éléphant peut vivre jusqu'à 60 ans.

Pourquoi les éléphantes ont-elles leurs mamelles entre les pattes avant ?

Elles peuvent ainsi caresser leur petit avec la trompe pendant qu'il tète. Les autres mammifères ont leurs mamelles entre les pattes arrière, sous la queue.

Pourquoi l'éléphant aime-t-il prendre des bains de boue ?

L'éléphant ne transpire pas : il a besoin d'eau pour se déshydrater et assouplir sa peau. La boue, en séchant, protège son cuir des rayons du soleil et des piqûres des insectes. Quand il ne trouve pas de mare boueuse mais seulement de l'eau claire pour se baigner, l'éléphant s'asperge de poussière qui remplace la boue.

Comment fait-il pour avoir une démarche si souple ?

Les jambes de l'éléphant sont attachées à la verticale sous son corps, comme les pieds d'une table : cela lui donne beaucoup d'assise. Mais il marche, pour ainsi dire, sur la pointe des pieds, c'est-à-dire sur le bout de ses 5 orteils. L'arrière de son pied repose sur un dodu coussin de graisse.

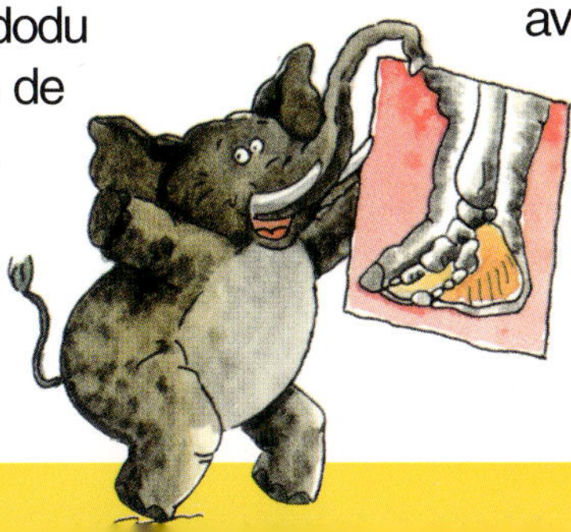

Comment est formée la trompe de l'éléphant ?

Elle est la réunion de son nez et de sa lèvre supérieure. Elle ne contient pas d'os, mais seulement des muscles et des nerfs : sa structure est très compliquée et encore mal connue mais elle compterait plus de 100 000 muscles au total ! Un éléphant peut facilement ramasser une pièce de monnaie avec sa trompe.

INCROYABLE !

- L'éléphanteau pèse 130 kg à la naissance. Il boit le lait de sa mère jusqu'à 4 ou 6 ans. Il ne sera adulte qu'à l'âge de 30 ans.

La famille des chiens

- *Le chien, qui nous est si familier, vit encore à l'état sauvage dans de nombreux pays. C'est un prédateur efficace, à l'ouïe fine et à l'odorat excellent.*
- *Il chasse en meute et peut courir vite et surtout longtemps grâce à ses longues pattes et son cœur robuste.*

- *Carnivore, il mange de la viande mais peut aussi se contenter de fruits ou de charognes.*
- *Le lycaon est le chien sauvage africain ; il pèse 25 kg. La hyène, proche du chien, pèse 80 kg. Elle vit en clan qui peut compter jusqu'à 100 individus.*

pourquoi les chacals ne sont-ils pas si égoïstes qu'on le croit ?

La plupart des carnivores ne pensent qu'à eux quand ils ont tué une proie. Pas les chacals : ils laissent d'abord se nourrir les jeunes, sans les chasser au loin comme le font les lions. Puis ils avalent de gros morceaux et vont les régurgiter à la tanière où les femelles, qui jouent les baby-sitters, les attendent affamées.

pourquoi les chiennes lèchent-elles si fort leurs nouveau-nés ?

Quand ils naissent, les chiots sont tout englués. Les mamans les lèchent pour les nettoyer et les aider à prendre leur respiration. Sans cela, ils pourraient s'étouffer.

pourquoi les chiens halètent-ils ?

Ils ne peuvent pas transpirer. Pour éliminer la chaleur et rafraîchir leur corps, ils n'ont d'autre solution que de tirer la langue et de respirer bien fort : "De l'air, de l'air !"

Il y a 3 sortes de hyènes, les tachetées, les brunes et les rayées. Les plus voraces sont les tachetées. Les hyènes ont des machoires puissantes qui peuvent broyer les os et les cornes.

pourquoi les chiens font-ils pipi partout ?

Ce n'est pas, comme on pourrait le croire, pour marquer leur territoire. Sinon, ils seraient partout chez eux. En réalité, ils font comme le Petit Poucet : ils déposent sur leur passage des gouttes de pipi pour que les femelles puissent les suivre à la trace et les retrouver.

pourquoi s'embrassent-ils avant de chasser ?

Pour se mettre en train. Ils se font plein de léchouilles sur le museau, agitent la queue jusqu'à être suffisamment excités.

comment les lycaons attrapent-ils leur proie ?

Comme tous les chiens : en l'épuisant. Ils la poursuivent pendant des kilomètres, en l'encerclant et en la mordant aux chevilles et aux flancs. Les lycaons sont capables de courir jusqu'à 60 km/h pendant au moins 5 km, voire plus. La bête finit par s'écrouler et, alors, c'est la curée. Les principales victimes de ces chiens sauvages sont les gazelles.

pourquoi appelle-t-on les hyènes les éboueurs de la nature ?

La nuit, elles débarrassent les villages de toutes leurs ordures. Elles nettoient les carcasses en putréfaction qui traînent sur les prairies, broient les squelettes avec leurs dents, qui sont les plus résistantes des carnivores, et lèchent le sang par terre jusqu'à ce qu'il ne reste plus rien ! Un groupe de hyènes de 38 individus environ est capable de dévorer un zèbre en entier en 15 min !!!

INCROYABLE !

- Il y a un chien qui n'aboit pas : c'est le chien viverrin, qui ressemble à un raton-laveur.

Les loups et les renards

- ***Le loup est l'ancêtre sauvage du chien. Craintif, il vit retiré dans les bois, en meute de 10 à 15 bêtes, menée par un couple dominant.***
- ***Il chasse des proies plus grosses que lui mais peut aussi se contenter de petits rongeurs. Un loup mange 9 à 10 kg de viande par repas.***
- ***Plus solitaire, le renard vit en famille dans un terrier. Il mange de tout et maraude souvent près des villages. Le renard, lui, a besoin de 1 kg de nourriture par jour.***

Pourquoi le renard charme-t-il les lapins ?

Il se lance dans une sorte de danse, en faisant de grands bonds désordonnés. L'air de rien, il se rapproche peu à peu du lapin qui, fasciné, ne se rend compte de rien. Soudain, le renard fait un bond un peu plus grand que les autres.

Pourquoi le loup a-t-il toujours faim ?

Le loup digère très vite. En une heure, son estomac est à nouveau vide et le voilà prêt pour un autre repas. En plus, il n'a pas beaucoup de chance à la chasse : il a affaire à plus gros que lui et souvent à plus rapide. Les pauvres loups sont presque toujours affamés !

Pourquoi les loups hurlent-ils à la lune ?

Pour bien chasser, ils doivent mettre leurs humeurs en harmonie. Pour cela, ils ont tout un petit rituel. Ils commencent par bâiller tous ensemble, puis ils hurlent en cercle, avant de partir à la queue leu leu, la truffe levée, en reniflant l'air. Leur odorat est remarquable. Ils détectent leurs proies de loin.

Pourquoi le renard bleu est-il blanc ?

Il change de couleur pendant l'année : brun l'été, il devient blanc, voire bleuté l'hiver, pour se confondre avec la glace de la banquise. C'est un renard polaire. Il survit en mettant ses provisions dans des trous gelés, comme dans un Frigidaire.

Avant d'avaler sa proie, il la lance en l'air plusieurs fois rien que pour s'amuser.

Quand un loup se déplace seul, c'est qu'il est en général à la recherche d'un territoire.

Comment reconnaître un chef de meute chez les loups ?

Les loups ont une belle queue touffue de 50 cm. Le chef la porte redressée. Les autres marchent la queue basse.

Pourquoi le renard aime-t-il tant bondir ?

Le renard ne bondit pas qu'avec les lapins : quand il attaque une souris, il lui saute dessus, pattes et crocs en avant, comme projeté par un ressort. On appelle d'ailleurs cette attaque le " saut de souris ". En fait, le renard est très joueur.

Pourquoi le fennec, le renard des sables, a-t-il de si grandes oreilles ?

C'est pour mieux entendre dans le désert où les animaux adoptent souvent des tenues de camouflage. Comme il ne peut pas voir ses proies, il chasse donc en dressant l'oreille et perçoit le piétinement du moindre insecte sur le sol.

INCROYABLE !

● Le renard bleu peut résister à une température de – 50 °C.

La famille des félins

- *Le chat est un félin. Il a des dents pointues en forme de crocs, des griffes qui se rétractent et des yeux situés sur le devant du crâne. C'est un très bon chasseur et le plus carnivore des animaux.*

- *Le chat aime la vie domestique, mais il existe aussi à l'état sauvage.*
- *Le lynx et le puma sont 2 espèces de chat sauvage.*
- *Les petits ronronnent et les grands rugissent.*
- *Le chat a 30 dents alors que le chien en a 42.*
- *Le chat a été domestiqué il y a 10 000 ans par les Égyptiens.*

Pourquoi le chat fait-il si souvent sa toilette ?

Pas seulement pour rester propre. Il a sous le menton une petite glande qui sécrète une odeur qui lui est propre. Quand il se toilette, il passe d'abord ses pattes sur sa figure, pour ramasser l'odeur, puis il les lèche, et avec sa langue se frotte ensuite tout le pelage en le parfumant. C'est aussi la raison pour laquelle il se frotte aux gens et aux objets : il les marque de son odeur.

Pourquoi retombe-t-il toujours sur ses pattes ?

Le chat est très souple. Quand il tombe, sa queue lui sert de balancier et l'aide à garder son équilibre. Il ne se fait pas mal en touchant le sol car ses os sont maintenus ensemble par des ligaments qui peuvent s'étirer, comme des élastiques.

Comment reconnaître un lynx à coup sûr ?

Il est le seul des félins à avoir une petite queue courte. Sa méthode de chasse aussi est très originale. Grâce à ses yeux perçants – ses yeux de lynx –, il voit ses proies de loin et s'en approche sans bruit jusqu'à pouvoir leur sauter dessus. Il n'aime pas courir.

Pourquoi le chat tourne-t-il la tête quand il mange ?

Il n'a pas de molaires, pour écraser la nourriture. Quand il malaxe les aliments, il doit donc utiliser sa langue râpeuse. Il la tourne dans tous les sens dans sa bouche, ce qui l'oblige à bouger la tête.

Le lynx est reconnaissable à sa queue courte et à ses poils au bout de ses oreilles.

Pourquoi le puma a-t-il si mauvaise réputation ?

Parce qu'il ouvre la gorge de ses victimes et boit leur sang. Il aime tellement ça que, parfois, il décime des troupeaux entiers de moutons en leur tranchant la gorge, sans les manger. Les fermiers le détestent. Le puma est le plus gros des félins. Il vit en Amérique où on l'appelle cougouar.

Comment le chat s'oriente-t-il la nuit ?

Il ne voit pas dans le noir. C'est vrai qu'il a de bons yeux, qui captent 6 fois mieux la lumière que nous, et qui se dilatent la nuit. Mais ce sont surtout ses moustaches qui le guident et aussi sa fourrure, sa queue, les coussinets de ses pieds : il voit comme les aveugles, au toucher.

Pourquoi le chat ronronne-t-il ?

Il a un os spécial à la base de la langue ; c'est en le faisant vibrer qu'il ronronne. Le chat montre ainsi qu'il est content. Les chattes ronronnent aussi en allaitant. Mais parfois, ça peut être un signe de nervosité ou de douleur.

INCROYABLE !

● Dans les pays chauds, le chat peut faire la sieste jusqu'à 18 heures par jour.

Les panthères

- *Le lion, le jaguar, le léopard en Afrique, le jaguar en Amérique, le tigre en Asie sont tous des panthères.*
- *À l'exception du lion, qui dirige des meutes de 20 à 30 bêtes, ce sont des animaux solitaires, qui vivent de la chasse.*

- *Leur robe les aide à passer inaperçus : tachetée ou rayée pour ceux qui s'abritent à l'ombre des arbres, dorée chez le lion de la savane.*
- *Les grands félins vivent tous jusqu'à environ 15 ans.*
- *Le tigre est le plus grand des félins. Il mesure 2 m et pèse 300 kg.*

Pourquoi dit-on que le tigre est l'ennemi de l'homme ?

Car il n' hésite pas à l'attaquer, quand il est trop vieux ou trop faible pour s'en prendre à des proies plus rapides. Le tigre n'est pas très courageux : il chasse toujours plus petit que lui. Et il attaque sa proie quand elle lui tourne le dos : c'est pourquoi les Indiens portent des masques derrière la tête quand ils travaillent dans la forêt.

Pourquoi dit-on du jaguar qu'il est grognon ?

Parce qu'il ne rugit pas comme les autres grands félins : il grogne en chassant et il gronde quand il se sent menacé. On reconnaît le jaguar aux belles taches de son pelage, pareilles à des yeux, et au fait qu'il préfère nager que grimper.

Pourquoi le lion tue-t-il parfois tous les lionceaux ?

Le lion vit avec une troupe de plusieurs femelles : un harem. Parfois, un jeune lion qui convoite les femelles vient le défier. Si l'intrus gagne, il tue les petits de son prédécesseur. Le vieux lion n'a plus qu'à se retirer et à mourir de faim comme un misérable.

Prête à bondir, la panthère scrute sa proie à travers les herbes hautes.

Comment chassent les lions ?

Ce sont les lionnes qui chassent. Elles le font en groupes : c'est une exception parmi les félins. Elles s'approchent en tapinois, en encerclant leur proie. Elles se jettent dessus au dernier moment, car elles ne savent courir ni très vite ni très longtemps.

Comment le guépard court-il si vite ?

Le guépard est le plus rapide animal terrestre. Sans élan, il se met à courir à la vitesse d'une voiture ! Il est adapté à la course grâce à sa colonne vertébrale plus allongée que les autres félins et plus souple, à ses longues pattes et à son arrière-train très musclé.

Pourquoi le guépard ne grimpe-t-il pas aux arbres ?

C'est le seul parmi les félins à ne pas avoir de griffes rétractiles. Il ne peut pas grimper aux arbres car ses pattes resteraient fixées à l'écorce dès qu'il les y planterait. En revanche, ses griffes lui permettent de bien adhérer au sol lors de ses fabuleux sprints.

Pourquoi les lions ont-ils une boule de poils au bout de la queue ?

Le lion est un animal très sociable et communicatif. En remuant sa queue, il signale ses humeurs. La boule sert à rendre les mouvements plus visibles.

Pourquoi le léopard amène-t-il ses victimes dans les arbres ?

Quand il n'a plus faim, il garde la carcasse de sa victime pour un autre repas en l'emportant avec lui au sommet des arbres, où les hyènes ne pourront pas la lui dérober. Le léopard adore grimper aux arbres.

INCROYABLE !

- Le guépard pique des sprints de 110 km/h mais ne maintient sa vitesse que 20 s d'affilée.

L'ours

- *L'ours est le plus grand des carnivores terrestres. Ses 20 griffes non rétractiles et son excellent odorat en font un chasseur hors pair. Pourtant, il mange rarement de grosses proies et se contente souvent de baies, de miel et de petits rongeurs. Il a 42 dents, comme les chiens, avec d'énormes molaires qui lui permettent de broyer les os et les noix.*

- *L'ours de Kodiak, qui vit en Alaska, est le plus grand : il peut peser 1 t et mesurer 3,20 m.*
- *L'ours a sur le dos une bosse de graisse qui lui sert de réserve pour l'hiver. Elle peut peser 13 kg.*

Pourquoi l'ours se frotte-t-il le dos contre les arbres ?

Pour laisser son odeur sur le tronc et marquer son territoire. Il creuse aussi l'écorce avec ses griffes, en se dressant sur ses pattes arrière et en rayant le tronc aussi haut qu'il peut. Plus la marque est élevée, plus il compte impressionner ses adversaires.

Comment l'ours polaire se protège-t-il contre le froid ?

Grâce à sa fourrure, bien sûr, et à la couche de graisse qu'il a sous la peau. En plus, il a de toutes petites oreilles et une queue minuscule pour éviter de perdre de la chaleur par les extrémités. Ses pattes sont épaisses et recouvertes de poils même sous les pieds.

Pourquoi la fourrure de l'ours est-elle toujours d'une seule couleur ?

Elle lui sert de camouflage. Les ours qui vivent dans les forêts obscures ont le pelage très sombre : ce sont les grizzlys d'Amérique du Nord. Ceux qui vivent sur les pentes ensoleillées des montagnes sont couleur crème, comme en Europe. L'ours polaire est lui tout blanc l'hiver et jaune l'été, comme la glace qui fond.

Comment l'ours polaire chasse-t-il le phoque ?

En se postant au bord des trous percés dans la banquise, où le phoque vient respirer. Il est très malin et cache sa truffe noire avec ses pattes pour disparaître dans le paysage. Il écoute aussi les bruits des phoques sous la glace qu'il brise d'un coup de griffe.

Un ours brun.

Pourquoi les oursons sont-ils si attendrissants ?

Parce qu'ils sont minuscules. Pour ne pas les écraser, la maman ours les allaite en se mettant sur le dos. Elle est très agressive et défend ses petits avec rage. Elle est bien plus dangereuse que les mâles.

Comment l'ours hiberne-t-il ?

Il n'hiberne pas vraiment. Son cœur bat moins vite, il ne consomme pas plus d'oxygène qu'une chauve-souris. Mais sa température ne baisse pas beaucoup et il peut se réveiller dès que le temps se radoucit pour aller se dégourdir les jambes. Méfiez-vous de l'ours qui dort !

Pourquoi l'ours a-t-il une démarche si balourde ?

Il est plantigrade : il pose la plante du pied entièrement à plat sur le sol, alors que les animaux de sa taille marchent normalement sur le bout des orteils. En plus, il ne lève qu'une patte à la fois. Quand il avance, il a toujours au moins 3 pattes par terre. Mais quand il court, il fait de véritables bonds dans les airs et il est très rapide !

Comment faire quand on rencontre un ours ?

Surtout ne pas s'enfuir. L'ours voit mal et confond l'homme avec un autre ours, dressé en position d'attaque. Il vaut mieux parler pour se faire reconnaître : l'ours a peur de l'homme.

INCROYABLE !

- À la naissance, les oursons pèsent 300 g, 600 fois moins que leur mère.

Les petits carnivores

- *Loutres, belettes, mouffettes, blaireaux, mangoustes et ratons laveurs sont tous de petits animaux carnivores, courts sur pattes, mais très agiles.*
- *Discrets, ils vivent dans l'eau, sous terre ou au sommet des arbres. Rapides, intelligents, ils ont conquis toutes les régions de la Terre et même la mer. Belettes, mouffettes et putois ont sous la queue une glande à musc, connue pour sa mauvaise odeur.*
- *Le blaireau bâtit, comme le castor, des huttes souterraines.*

pourquoi la loutre marine fait-elle la planche sur l'eau ?

Sa fourrure est imbibée d'une graisse qui lui permet de flotter. Ainsi, elle pique-nique tranquillement, en brisant les coquilles des crustacés qu'elle est allée pêcher au fond de l'eau sur une grosse pierre posée sur son ventre. La loutre est le seul animal, avec le singe, à utiliser des outils.

pourquoi est-il conseillé de se baigner dans les rivières à loutres ?

Une loutre ne nage jamais dans les eaux polluées car, sinon, sa fourrure perd son imperméabilité et elle risque de mourir de froid. Les rivières à loutres ont toujours une eau très pure.

pourquoi le raton laveur porte-t-il ce nom ?

Il plonge la nourriture dans l'eau avant de la manger et la frotte entre ses pattes comme pour la laver. En réalité, seuls les ratons laveurs en captivité font ce geste : ils imitent la façon de chasser, les doigts dans l'eau et prêts à saisir le poisson, des ratons laveurs en liberté.

pourquoi la mouffette n'a-t-elle peur de rien ?

La mouffette a sous la queue une glande qui diffuse une odeur encore plus redoutable que le putois. Dès qu'on l'importune, elle commence à piétiner sur place, montre son derrière et gonfle la queue.

Une hermine avec son pelage d'hiver.

Pourquoi le blaireau est-il si adroit du museau ?

Le blaireau mange des vers de terre, mais aussi des lapins et des hérissons. Le problème est qu'il a l'estomac très chatouilleux : il ne supporte pas les poils et les piquants. Il a donc appris à dévorer ses proies par le ventre, en les dépeçant comme un chirurgien, sans toucher à leur fourrure ou à leurs épines.

Comment la mangouste fait-elle des omelettes ?

La mangouste est très friande d'œufs, mais elle ne peut, comme le serpent, les manger avec la coquille. Elle saisit l'œuf dans ses pattes avant, se dresse sur ses pattes arrière et lance l'œuf derrière elle de toutes ses forces : il s'écrase sur le sol et elle n'a plus qu'à le lécher.

Comment distinguer une belette d'une hermine ?

L'hiver, elles deviennent blanches, mais l'hermine se distingue par le bout de sa queue, noir comme du charbon. Belettes et hermines sont toutes deux malheureusement chassées pour leur fourrure qui sert souvent à faire des écharpes.

Comment les belettes tuent-elles leurs victimes ?

Elles repèrent leur proie à l'odeur et au bruit, la poursuivent jusque dans son terrier et lui plantent leurs crocs acérés dans le cou.

INCROYABLE !

- Un blaireau peut manger 200 lombrics en 2 heures.

Le phoque

- *Le phoque est un carnivore dont le corps lisse, en forme de torpille, est spécialement adapté à la nage.*
- *Il n'a pas d'oreilles et ses pattes se sont transformées en nageoires pour mieux glisser dans l'eau.*

- *Il vient toujours respirer à la surface mais peut plonger longtemps et très profondément.*
- *Les otaries et les morses font partie de la famille des phoques.*
- *Un phoque reste en moyenne 20 à 30 mn sous l'eau sans respirer.*

Pourquoi le phoque ne se noie-t-il pas quand il dort dans l'eau ?

Le phoque digère dans l'eau. Il ne regagne la terre ferme que lorsqu'il a le ventre vide. Pendant qu'il digère, on le voit souvent dormir à la verticale dans la mer. Seule sa tête apparaît. Pour ne pas couler, il enfle son cou d'air et s'en sert comme d'une bouée.

Pourquoi le phoque n'explose-t-il pas quand il remonte à la surface ?

Le phoque peut plonger jusqu'à 600 m sous l'eau, à une profondeur où la pression de l'eau est si forte qu'elle devrait l'écraser. En fait, c'est l'air situé dans les poumons qui est à l'origine des problèmes de pression. Avant de plonger, le phoque souffle donc pour ne garder dans ses poumons que le tout petit peu d'air qui lui est nécessaire.

Comment distinguer une otarie d'un phoque ?

Les otaries ont de petites oreilles visibles dans le cou et, surtout, elles se servent de leurs 4 nageoires pour marcher à terre, comme si elles avaient 4 pattes.
Le phoque, lui, ne se sert que de ses 2 nageoires avant et progresse en faisant des sauts maladroits.

pourquoi le morse a-t-il des défenses ?

Elles lui servent à fouiller les fonds sous-marins à la recherche de mollusques dont il aspire la chair hors de la coquille. Il a aussi de grandes moustaches rigides qui ont le même usage. Les morses vivent toujours près des côtes, en eaux peu profondes.

Les morses vivent en troupeaux dans les eaux froides de l'Arctique.

comment le phoque peut-il rester si longtemps sous l'eau ?

Les phoques ont beaucoup de sang où ils stockent l'oxygène. Ils possèdent aussi dans les muscles une substance spéciale qui leur sert de réservoir à air : c'est elle qui donne à leur chair sa belle couleur rouge.

pourquoi le corps des phoques tressaille-t-il en permanence ?

On voit souvent des phoques paressant au soleil sur la banquise. Leur ventre est agité de soubresauts. Tous les phoques ont dans leurs intestins des vers parasites qu'ils attrapent tout petit et qu'ils gardent toute leur vie. C'est un mal incurable et inévitable.

pourquoi le bébé phoque ne va-t-il jamais dans l'eau ?

Parce qu'il en a peur. Le bébé phoque ne sait pas nager et si on le met de force dans l'eau, il se débat comme un désespéré et finit par se noyer.

comment le phoque fait-il pour s'orienter dans les eaux noires des profondeurs ?

Le phoque ne voit pas très bien mais il a une ouïe très fine, bien qu'il n'ait pas d'oreilles. Comme les chauves-souris, il émet des sons qui se répercutent sur ses proies et lui reviennent en écho.

INCROYABLE !

- L'éléphant de mer est un phoque géant de 3 à 5 t et 6,50 m de long.

La baleine

- *La baleine est le plus gros animal qui ait jamais existé sur terre. On la trouve dans tous les océans du globe.*
- *Elle se déplace souvent en longue migration.*
- *Elle propulse son gigantesque corps en forme de fuseau grâce à une simple queue et utilise ses 2 nageoires pour se diriger. Son nez est placé au-dessus de sa tête : c'est l'évent. La peau de la baleine est fine comme du papier.*
- *La baleine, comme le dauphin et le cachalot, est un cétacé. Elle peut vivre jusqu'à 95 ans.*

pourquoi les dents de certaines baleines ont-elles une forme si bizarre ?

Parce que ce ne sont pas des dents, mais des fanons : des plaques de corne qui sont attachées à son palais comme les feuilles d'un livre. Les baleines à fanons ne peuvent pas mâcher et ont un régime très spécial, le krill, un mélange de petits crustacés de la taille des crevettes.

pourquoi la baleine est-elle si grosse ?

Elle vit en permanence dans l'eau et n'a donc jamais eu besoin de soutenir son propre poids. Rien ne l'empêche alors d'être aussi grosse qu'elle veut.

Une baleine à bosse.

pourquoi les baleines chantent-elles ?

On ne sait pas. C'est un chant très grave qui, si l'homme l'entendait, lui ferait exploser le tympan. Toutes les baleines d'un groupe chantent de la même façon. Mais les mélodies varient suivant les régions du monde, comme les langues humaines.

Pourquoi les baleines s'échouent-elles parfois sur les plages ?

On pense que c'est à cause d'erreurs de navigation. On a retrouvé dans le cerveau des baleines des cristaux magnétiques dont elles se servent pour s'orienter par rapport à la masse terrestre. Mais les mouvements provoqués par les tremblements de terre les troubleraient et leur feraient perdre leur direction.

Comment font les baleines pour manger sous l'eau sans s'étouffer ?

C'est très simple : quand elles ouvrent la bouche, le trou de l'œsophage au fond de leur gueule se ferme. L'eau rentre, puis ressort car les fanons sont spécialement ébréchés pour la laisser passer. Mais ils retiennent le plancton comme une grille car ils sont couverts de petits poils emmêlés qui servent de tamis. La baleine n'a plus qu'à refermer la gueule et à avaler !

Pourquoi la baleine ne gèle-t-elle pas dans l'eau froide ?

Elle se protège grâce à l'épaisse couche de graisse qu'elle a juste sous la peau et aussi à l'étonnant réseau de petites veines, par où elle fait circuler son sang pour se réchauffer. C'est très efficace !

Pourquoi la baleine souffle-t-elle de l'eau quand elle revient à la surface ?

La baleine n'aime pas rester longtemps à la surface, où elle peut être repérée par les pêcheurs. Elle se dépêche donc, quand elle remonte de souffler et de reprendre sa respiration par le petit trou sur le dos qui lui sert de nez. Le jet qu'on voit n'est pas de l'eau mais de la vapeur chaude et des gouttelettes d'huile qu'elle a dans les conduits nasaux.

INCROYABLE !

- La baleine bleue est le plus gros animal de la planète : elle pèse 150 t et mesure 35 m de long.

Les dauphins

- *Les dauphins, comme leurs cousins les orques et les cachalots, sont des cétacés à dents. Leur corps effilé à 4 nageoires leur permet de nager vite et de bondir gracieusement hors de l'eau. Ils vivent en bandes près de la surface où ils chassent poissons et calmars. Intelligents, ils sont les seuls animaux à avoir un cerveau plus gros que l'homme.*

- *Le dauphin a 200 dents, 100 en haut et 100 en bas. Il plonge jusqu'à 300 m de profondeur et respire toutes les 5 min.*

Pourquoi le dauphin est-il si à l'aise dans l'eau ?

Il a, pour l'agilité et la rapidité, la même silhouette que le requin. Mais le dauphin, lui, n'a pas la peau rugueuse. Lisse et glissante, elle recouvre une fine couche de lard et bouge en même temps que les mouvements de l'eau, sans jamais faire obstacle au courant.

Pourquoi les orques nagent-ils si près des plages ?

Les grands orques noir et blanc chassent en bandes. Ils traquent les phoques ou les manchots en les encerclant et en les poussant sur la plage. Ils ont dans la gueule 12 dents coniques qui s'emboîtent parfaitement. Ils s'attaquent même parfois à des baleines.

Comment se parlent les dauphins ?

Grâce à des sons très aigus, que nous les humains nous ne pouvons entendre. On les appelle des ultrasons. Ces bruits ressemblent en fait à des petits clics. Les poissons entendent très bien ces clics. Quand il chasse, le dauphin produit tellement de clics que les poissons sont tout étourdis et désorientés.

Les dauphins ont un corps allongé bien adapté à une nage rapide.

pourquoi dansent-ils autour des bateaux ?

Les dauphins sont des animaux très joueurs. Ils adorent sauter dans les vagues créées à l'avant des bateaux par les remous de l'eau sur la coque.

pourquoi le cachalot porte-t-il des cicatrices sur le front ?

Il chasse des pieuvres géantes qui vivent au fond de la mer. On en a retrouvé un avec un calmar de 10 m de long dans le ventre. Pour se défendre, les poulpes lancent leurs tentacules pleins de ventouses à la face du cachalot. Elles le brûlent et lui laissent de profondes cicatrices.

pourquoi le cachalot a-t-il une si grosse tête ?

Le cachalot est un immense animal de 70 t. Sa tête énorme ne renferme pourtant qu'un tout petit cerveau. Toute la place est occupée par une substance blanche et huileuse, qu'on appelle le spermaceti. Cette huile durcit quand le cachalot plonge et lui permet de descendre à 3 000 m sous l'eau : c'est le record de profondeur.

pourquoi les dauphins ont-ils une bosse sur le front ?

Elle leur sert à diriger les ultrasons devant eux, en forme de demi-cercle. Les ondes se répercutent sur les poissons et leur reviennent en écho, comme chez les chauves-souris. C'est ainsi que les dauphins, qui sont myopes et n'ont pas beaucoup d'odorat, détectent et chassent leurs proies.

INCROYABLE !

- L'orque vit jusqu'à 100 ans.
- Un dauphin peut produire 700 sons à la seconde.

Les animaux rares

- *Il y a aujourd'hui entre 3 et 10 millions d'espèces vivantes dans le monde. D'ici à 2015, plus d'un million aura disparu. La chasse, la destruction des forêts sont les principales responsables. Voici le portrait de quelques-unes des espèces les plus rares et les plus étranges.*
- *Il n'existe plus que 750 pandas en liberté dans le monde.*
- *L'aye-aye est un singe primitif.*
- *Le lamantin a le même ancêtre que l'éléphant.*
- *L'echidné, comme l'ornithorynque, est un mammmifère qui pond des œufs.*

Pourquoi le panda est-il surnommé "l'ours à bambous" ?

Parce qu'il ne mange que ça. Le bambou contient surtout de l'eau et il faut de grandes quantités de feuilles au panda pour être rassasié. Le panda vit en Chine. On le croit gentil car il ne bouge pas beaucoup. En réalité, il est assez agressif et mord ses gardiens dans les zoos.

Pourquoi l'échidné devient-il invisible ?

L'échidné est un drôle de mammifère au long museau, qui ressemble un peu au fourmilier. Il a de grandes épines sur le dos. Quand il sent un danger, il s'enterre verticalement dans le sol et disparaît en moins d'une minute, en ne laissant dépasser que ses piquants.

Pourquoi appelle-t-on le lamantin " la vache des mers " ?

Le lamantin vit au fond des mers en broutant les herbes aquatiques. La maman lamantin est très affectueuse. Elle fait plein de petits gazouillis pour distraire son petit quand elle l'allaite. Elle a des seins qui ressemblent à ceux d'une femme. On a d'ailleurs surnommé le lamantin "sirénien", pour rappeler les sirènes.

Pourquoi l'oryctérope nous fait-il rire ?

On dirait un petit cochon, avec des oreilles d'âne, une queue de rat et un long museau. C'est un animal qui ne sort que la nuit. Il vit en Afrique, se nourrit de fourmis et de sauterelles et chasse en courant en zig-zag dans la savane, la truffe au sol.

Le grand panda est un des animaux les plus rares mais certainement le plus connu.

Comment le tatou piège-t-il ses agresseurs ?

Il a sur le dos plusieurs morceaux de corne qui s'emboîtent pour former une carapace très dure. Quand il est attaqué, le tatou se met en boule, mais sans s'enrouler complètement. Son ennemi glisse son museau par les interstices de sa carapace... et, clac ! Le tatou se referme complètement : l'agresseur a le museau coincé.

Pourquoi l'aye-aye fait-il peur aux hommes ?

À cause de son allure vraiment bizarre : il est gros comme un chat, a de longs poils rêches de sanglier, des dents de lapin qui poussent tout le temps, des oreilles de chauve-souris et une queue de renard. Ses yeux sont proéminents et ils brillent la nuit pour mieux capter la lumière de la lune.

Pourquoi le pangolin ressemble-t-il à une pomme de pin ?

Le pangolin est couvert de grosses écailles aiguisées comme des rasoirs. Quand il se replie sur lui-même, face à un ennemi, il a l'air d'une pomme de pin. Si ça ne suffit pas, il projette du pipi sur celui qui l'attaque ou le fouette avec sa queue rapide.

INCROYABLE !

- Le panda passe 14 heures par jour à se nourrir.
- Le lamantin vit plus de 70 ans. Il peut mesure 4 m.

Le singe

- *Le singe est l'animal le plus proche de l'homme : ses mains sont habiles, son cerveau développé. Les femelles portent leur petit dans leur ventre plus longtemps que les autres animaux, et elles s'en occupent beaucoup plus après la naissance.*
- *Il y a différentes espèces de singes. Les plus petits, qui ont une longue queue, sont les plus primitifs. Le gorille est le plus grand des singes : 2 m de haut et 200 kg. Les grands singes vivent jusqu'à 35 ans en liberté, 50 en captivité.*

Pourquoi les singes aiment-ils tant s'épouiller ?

C'est une marque de respect destinée aux mâles les plus forts ou aux femelles enceintes. Les singes font des mimiques très drôles pour proposer leurs services d'épouilleur : le babouin se lèche les babines, le chimpanzé se met debout et penche la tête sur le côté.

Comment reconnaître le ouistiti ?

Le ouistiti est le plus petit des singes. Il a une longue queue qui s'enroule aux branches des arbres. Il vit en famille et les enfants restent avec leurs parents même quand ils sont grands. Ils s'occupent des plus petits à la place de la maman.

Un orang-outan mâle.

Pourquoi dit-on que le chimpanzé est le cousin de l'homme ?

Parce que, comme lui, il utilise des outils. Il se sert de brindilles pour fouiller les nids de fourmis, de pierres pour casser les noix, et même de feuilles pour se nettoyer le derrière après avoir fait ses besoins !

Pourquoi l'orang-outan a-t-il une si grosse tête ?

Ce sont juste les orangs-outans mâles qui ont cette énorme tête avec des bajoues qui pendent sur les côtés. C'est ainsi que les femelles les repèrent et les trouvent beaux. Orang-outan veut dire "homme des bois" en indonésien.

Comment repérer un gorille mâle ?

La fourrure du dos des gorilles mâles n'est pas noire, mais argentée. On les appelle " dos d'argent ". Les gorilles sont très gentils. Ils mangent surtout des fruits. On les voit souvent assis par terre : comme l'homme, ils ont au bas du dos un os qui s'appelle le coccyx, qui leur permet de bien supporter cette position.

Pourquoi le babouin rugit-il si fort ?

Le babouin est un singe agressif, qui pique souvent de grosses colères. Il ne supporte pas que des rivaux s'approchent de ses femelles. Il a des crocs terribles qui blessent très fort quand il mord. À la saison des amours, les femelles ont le derrière tout rouge et enflé : c'est le moment de faire des petits !

Pourquoi le gibbon fait-il la fête le matin ?

Les gibbons ont de longs bras avec lesquels ils tournoient dans les arbres. Au matin, on les voit souvent danser et chanter parmi les branches. Les gibbons vivent en couple d'amoureux très unis. Faire la fête le matin est une manière pour eux de se dire " je t'aime ".

Pourquoi le singe est-il si adroit de ses mains ?

Le singe possède un pouce, exactement comme les hommes. C'est ce pouce très mobile qui lui permet de saisir avec habileté les petits objets.

INCROYABLE !

- Les chimpanzés sont les seuls animaux à se reconnaître dans un miroir et à utiliser un clavier d'ordinateur.